国际大奖儿童文学 **美**绘**插画**版

纳尼亚传奇

狮子、女巫和魔衣橱

[英]克莱夫·斯特普尔斯·刘易斯 著

王坤业 译

四川人民出版社

作者简介

克莱夫·斯特普尔斯·刘易斯

克莱夫·斯特普尔斯·刘易斯（1898—1963），英国20世纪著名的作家、评论家、诗人、学者。曾执教于牛津大学和剑桥大学，研究文学、哲学、神学，对中世纪及文艺复兴时期的英国文学造诣颇深，堪称英国文学巨擘。他以儿童文学作品"纳尼亚传奇"系列闻名于世，此外还有以中世纪文学研究为内容的诸多著作。

克莱夫·斯特普尔斯·刘易斯出生于北爱尔兰的贝尔法斯特，他一生著作丰富，作品类型也十分多样，既有文学评论，也有散文、诗集，还有童话，其中最有名的当属"纳尼亚传奇"系列。"纳尼亚传奇"系列是他从20世纪50年代初开始为孩子们写的系列童话集，共7部，分别是《狮子、女巫和魔衣橱》《凯斯宾王子》《黎明踏浪号》《银椅》《能言马与男孩》《魔术师的外甥》和《最后一战》。其中1956年出版的《最后一战》一书，为他赢得英国儿童文学的最高荣誉"卡内基文学奖"。

《狮子、女巫和魔衣橱》是"纳尼亚传奇"系列的第一部，它讲述了第二次世界大战期间，彼得、苏珊、埃德蒙、露西兄妹四人被送到英国中部的一个老教授家躲避战争，四个孩子在一个偶然的机会下通过衣橱进入了一个神奇的王国——纳尼亚。从此，他们开始了在这个魔幻王国的冒险之旅。他们凭借勇气和智慧，与充满智慧、善良、正义与力量的狮王阿斯兰一起，杀死邪恶的白女巫，四兄妹也当上了纳尼亚的国王和女王。多年后，他们在打猎时无意中穿过衣橱，重新以孩子的身份回到自己的世界。

《狮子、女巫和魔衣橱》为孩子们创造了一个魔幻的世界，书中充满了迷人、奇幻的想象，同时真切地描写了儿童天真、好奇、勇敢、友爱等可贵品质，让孩子们通过阅读体会"真善美"的力量。

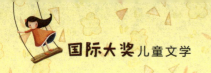

国际大奖 儿童文学

目 录
contents

微信扫描
下方二维码

纽伯瑞儿童文学奖

诺贝尔文学奖

国际安徒生奖

卡内基文学奖

大师经典　世界名著　不朽之作

给孩子优质的文学滋养，给孩子精彩的全球视野，给孩子无穷的生命启迪。

微信扫描上方二维码，

即可获得更多线上数字资源，

徜徉更加广阔的文学世界！

第一章　孩子们的探险

一辆马车，在伦敦中部的山间道路上缓慢地行驶着。稍近些，你会清楚地看到车上坐着四个孩子。按年龄排，分别是彼得、苏珊、埃德蒙和露西，而且他们是四兄妹。下面这个奇妙的故事是他们亲身经历的……

战争，多么可怕的事情，不幸就降临到了他们所在的国家——英国。那年夏天，他们居住的城市——伦敦遭到了敌人的空袭。学校放了假，现在他们就是要到郊外一位老教授家暂住。

傍晚时分，荒郊野外，掩映在绿树丛中的一座巨大而又古老的住宅出现在他们面前。这就是老教授的住宅。谈起老教授的这座住宅确实不一般，在本国旅游指南一类的书上，甚至在历史书上，都有关于它的记载，各式各样的故事中也都谈到过它，有些故事简直可以用离奇来形容。

"啊，好大的宅子呀！"小露西顾不得旅途的劳累，一下马车，就快活地叫起来。可一看到站在宅子门口迎接他们的老教授，她立即闭上了嘴巴，怯生生地打量着他。

教授是个老态龙钟的老头，一头蓬乱的白发把脸遮盖住了一大半，模样显得很古怪。埃德蒙看着老教授的样子，想笑又觉得没礼貌，只好装作擦鼻涕，这才没有笑出声来。

走进大宅子的客厅，里面空荡荡的。家里没有多少人。老教授没有了太太，只和管家马克里蒂太太，以及三个女仆——艾微、玛格丽特、贝蒂一起生活在这座大宅子里。

古板严肃的老教授说起话来却很温和，让孩子们有了到家的感觉，大家几乎一下子就喜欢上了他。那个胖胖的中年女管家看她们的目光有点不友好，显然她对他们的到来是不欢迎的。

孩子们到一个新地方总是很新奇。尽管旅途劳累，但他们还是对"新家"充满好奇。晚饭后，四个孩子就聚到女孩们住的这间房子里，叽叽喳喳地说开了。

"好日子终于来了，终于听不到飞机轰鸣了，我们运气不错，"彼得说，"我一想到在这里生活就开心，因为我们想干什么就可以干什么，这位老先生是不会管我们的。"

"我第一眼看到他，就觉得那是个惹人喜欢的老头儿，我很喜欢他。"苏珊说。

"好了，好了，别再说这些啦！"埃德蒙打了个大大的哈欠，不耐烦地打断了苏珊的话。

"你累了就去睡。"苏珊对着埃德蒙说。

"烦死了，你倒学着妈妈管起我来了，"埃德蒙说，"你是什么人？我什么时候睡，还要你管！"

"要不，我们都睡吧？"年龄最小的露西调解道，"我们刚来，打扰人家可不好。"

"根本不会，"彼得说，"我不是说过，在老教授家里，谁也不会管我们的吗？再说，他们也不会听见我们的声音。刚才我们从楼下餐厅到这儿，中间经过那么多楼梯和走廊，我都数不清了。可是我一直看着表，要走十分钟的路呢。"

突然一声飞禽的叫声传来。

"什么声音？"露西问道。一想到傍晚见到这所大得惊人的房子，还有那些长长的走廊和一排排通向空荡荡的房间的门，她感到自己浑身起鸡皮疙瘩。

"傻瓜，一只鸟的叫声而已。"埃德蒙说。

"这是猫头鹰的叫声。"见多识广的彼得说，"这古宅这么大，树木繁多，自然是鸟的天堂。我要去睡啦。喂，我们明天去探险吧。在这样一个地方，也许可以找到什么与众不同的东西。在来的路上，你们看见那些山没有？还有那些树林？那里也许有老鹰啊，鹿啊，秃鹰啊。"

"有獾吗？"露西问。

"还有狐狸！"埃德蒙说。

"还有兔子！"苏珊说。

"那我们明天就出去一探究竟吧！"彼得提议道。

"好哇，好哇。"大家觉得这个提议不错，就都睡觉去了，以便为明天未知的探险积蓄力量。

第二天早晨，昨晚外出探险的计划落空了，因为外面哗哗地下起了雨。雨真大，根本看不见窗外的大山和树林，就连花园里的小溪流也看不见了。

吃过早饭，老教授把他们安排在一个长长的、天花板低矮的房间，房间的一面有两扇窗户，另一面是一扇窗户。

大家有点儿闷闷不乐。埃德蒙看着窗外说："这雨肯定会下个不停，真扫兴！"

"别抱怨啦，埃德蒙。"苏珊说，"等一会儿准停。时间不会难熬的，瞧，这屋子里有无线电，还有许多书。"

"我才不稀罕这些玩意儿呢，在学校读书还没读够吗？"彼得说，"出去探险干什么，这座住宅这么大，不就是探险的好地方吗？"

彼得这么一说，大家都来了精神。他们的探险开始了。

他们在数不清的房间里，开门，关门。有的房间几乎从来无人居住，灰尘厚得不得了，哪里有什么险可探呢？！只有在一间墙上挂满画的房间里，彼得和埃德蒙发现了一副盔甲，这让他们停留的时间最长。四个孩子嘻嘻哈哈的，跑跑停停，楼梯间回荡着他们开心的笑声。彼得和埃德蒙总是跑得很快，苏珊和露西不停地喊着"等等我们"。他们的跑闹声、笑声，让这座住宅因为这几个孩子的到来而重新充满了生气。

在探险中，只是因为顺路，他们跑进了一间空荡荡的房间。房间里放着一只很大很大的锁着的衣橱，橱门上镶着镜子。

"这里有什么险可探的？"彼得说。

另外两个也附和着，接着走出这个房间，去继续他们的探险了。只有露西一个人留在里面。

"这个衣橱里有什么呢，我能打开它吗？"她想试试能否把那个大衣橱打开，尽管她看见衣橱的门是锁着的。说话间她来到衣橱边，用手轻轻地一拧，橱门"吱呀"一声竟然开了，里面还滚出了两颗樟脑丸。

露西看到了衣橱里挂着的长长的皮外套，皮质软绵绵的。她高兴地跨进衣橱，把她的小脸蛋贴在毛茸茸的皮衣上，轻轻地摩擦。她发现第一排衣服的后面还挂着一排衣服，尽管她敞着橱门，但里面还是黑乎乎的。她走进衣橱去摸后一排的衣服。当然，她没有关衣橱的门，她清楚一个人把自己关在衣橱里是非常愚蠢的。

她害怕触到后壁，伸着双手探着，小心向前走了一步，接着两步、三步。"咦，这衣橱怎么没有后壁，那衣橱该多大呀！"露西一边想，一边把衣服推到一边，继续向前走着。脚底下有什么东西在"嘎吱""嘎吱"作响。露西蹲下身子，用她的小手去摸，她摸到的不是坚硬而又光滑的木头橱底，而是一种柔软的、粉末似的、冰冷的东西。

"多么奇怪呀！"她一边说，一边又朝前走了一两步。

这时，她看见前面亮着一盏灯。但这盏灯不像是在衣橱的空间里，看上去却是在老远老远的地方。一种轻飘飘的冰冷的东西落在她身上。

"啊，我怎么来到树林里了？"

深夜的树林中，雪花正从空中飘落下来，她的脚下全是积雪，周围也被皑皑白雪映照得一片银白，透着一股寒意。

"这是怎么回事呀？"露西回头望去，穿过树干与树干之间幽暗的空隙，依然可以看到敞开着的橱门，甚至还可以瞥见她从那里进来的那间空屋。

"那里是白天哪，我再朝前走，看看到底是怎么一回事，就是出了什么事，衣橱门开着，我也能回去。"好奇的露西决心去探个究

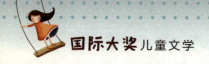

竟。她穿过树林，一直朝着那盏灯走去。

十分钟后，她到了那里，看清了亮光的来源，原来是一根灯柱。

"是什么人在这儿立了根灯柱？"露西站在那儿想，"不管它了，我的探险该结束了，我得回去找他们去了。"

第二章　露西奇遇半羊人

刚一转身，露西忽然听到一阵脚步声。

没多久，她看到从树林中走出一个人来，一直来到灯柱下面。这人只比露西略高一点儿，手上撑着一把伞。因为雪下得大，伞已经变成白色的了。他上半身是人，但腿是山羊腿，上面的毛黑油油的，还长着山羊的蹄子。

露西心里有些害怕，但还是目不转睛地盯着他。他脖子上围着一条红色的羊毛围巾，皮肤也是红红的。他生着一张奇怪而讨人喜欢的小脸，短短的尖胡子，一头鬈发，脑门两边的头发间各冒出一个犄角。

他一只手撑着伞，另一只手臂抱着几个棕色的纸包。看起来，很像刚买了东西回来。他发现露西时，大吃一惊。

"天哪！"半羊人惊叫了一声，手中所有的纸包都掉落在雪地上。

"晚上好。"露西大着胆子说。

半羊人并没有立即答话。他朝露西微微欠了一下上身，拾起东

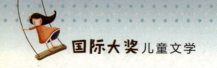

西，盯着露西看了一会儿，说："晚上好，晚上好。"接着他又说，"我猜想你是夏娃之女吧！"

"我叫露西。"

"你……你，你就是他们说的女孩吧！"

露西有点儿搞不清他说的是什么意思，说道："我当然是女孩。"

"你实际上是个人类？"

"我当然是人类。"露西更加不明白了，她连忙介绍自己，"我来自另一个地方。"唯恐半羊人不相信，露西急切地说："真的，就在我后面不远的地方，那儿还是夏天。"

"我信，我信。我叫塔姆努斯，这儿是纳尼亚，现在是冬天，我们这里的冬天是很漫长的。"塔姆努斯低下头想着什么，然后似乎做好了什么决定，他微笑着继续说道，"可爱的露西，请问你是否愿意陪我喝一杯茶呢？"

"不了，我想我得回去了。"想到自己出来的时间已经不短了，露西拒绝起来。

"耽误不了你多长时间的，我的家只要转个弯就到了，"塔姆努斯说，"我家里生着很旺的炉火，有烤面包，沙丁鱼，还有鸡蛋糕。"

"啊，你真好，"听到这些美食，露西满心欢喜地说，"但我只能稍坐一会儿。"

为了共打一把伞，她和这个奇怪的半羊人居然手挽着手穿过了树林，好像他们老早就是好朋友似的。没过多久，他们走在一段高低不平的石头路上，四周起伏的小山连绵成片。之后，在一个小山谷的谷底，他们七拐八绕地来到一个洞口。木柴的火光照得露西睁不开眼来。

"来，坐吧，我有两张小椅子，一张我坐，另一张给朋友坐。"

半羊人的洞不大，火光映红了四壁的石头。洞内很干净，地上铺着柔软的地毯。屋内的器具也比较简单，一张桌子，一个碗橱，火炉上有个壁台，壁台的上方挂着一幅白胡子老羊怪的画像。门边的壁橱上面放满了书，有《森林之神的生活和学习》《山林水泽中的仙女》《人、僧侣和猎场看守人》《民间传说的研究》《人类神秘吗？》等。

"好了，露西，我们享用美食吧。"忙碌了一阵子的半羊人说。

饭后，露西享用着丰盛的茶点，还听半羊人滔滔不绝地谈论了许多有关林中生活的精彩故事。什么夜半舞会的盛况啊，森林里的宴会呀……

半羊人似乎沉浸在对往事幸福的回忆中，在他的描述中，露西仿佛也看到了这儿的夏天树木都披上了绿装，年迈的森林之神、酒神巴克斯都来赴宴，整座森林一连好几个星期都沉浸在节日的欢乐中。

"唉，哪里像现在这样，冬天总是没完没了哇！而且永远没有圣诞节！"

露西看到他忧伤的表情，似乎对现在的生活不满。只见他从碗橱上面的箱子里拿出一根小笛子吹了起来，那曲调使露西一直感到恍恍惚惚的，过了好几个钟头，她才醒转过来。

"先生，打断了你的演奏，实在抱歉。我得回去了，真的，我在这里耽误太长时间了。"

"现在……不行了呀。"半羊人似乎好容易才下定决心说出这句话。他放下笛子，悲伤地对露西摇着头。

"怎么不行？"露西意识到了不妙，吓得猛地跳了起来。这时她看到半羊人那棕色的眼睛里噙满了泪水，然后他用双手捂住了脸，索性号啕大哭起来。

露西也感到难过起来，她十分想知道这是为什么。可是半羊人只是哭个不停。尽管有些害怕，露西还是走过去，紧紧拥抱着他，并把自己的手绢递给他。眼泪打湿了手绢，不一会儿，露西脚下的一小块地方就变得湿漉漉的了。

露西摇着他的身子，在他的耳边大声喊道："停住，立即停住！你应该为自己感到羞愧，这么大的一个半羊人。究竟是什么事情使你哭得这样伤心？"

"我哭，因为我是一个糟糕透顶的半羊人。"

"我才不相信呢，"露西说，"你是一个非常好的半羊人，你是我见过最好的半羊人。"

"呜……呜……如果你知道了事情的真相，就不会这样说了。"半羊人抽泣着回答。

"你究竟做了什么事？"露西追着问。只见他指着墙上的画像说："我年迈的父亲，就不会做出这样的事来。"

在露西的再三追问下，他终于说出来了："我所做的事，就是替白女巫效劳，我是被白女巫收买的。"

"白女巫？她是什么人？"

"就是她，控制了整个纳尼亚，使我们这儿全年都是冬天。她要我干的是丧尽天良的事，"他长叹一声接着说，"我专门替她拐骗人类的小孩。假如在森林里遇到一个可怜的、天真无辜的孩子，我就假装和她交朋友，请她到我的洞里来，骗她睡熟以后，就把她给白女巫送去。"

"我不相信，"露西说，"我能肯定，你不会做出这种事情来的。"

"可是我已经做了。"半羊人说。

"你……这确实是太没有良心了。"露西不忍心过分指责他，缓缓地说着，"但是，你为此这样难过，我相信你决不会再做这样的事了。"

"天真的露西，你还不明白吗？"他眼睛直盯着露西，"这不是我以前干过的事，而是此刻我正在干的事。"

露西终于清醒过来，脸色瞬间变得煞白。

"你就是她要找的那种孩子。我早就从白女巫那里得到了命令，如果在森林里遇到一个夏娃之女或亚当之子，就抓起来交给她。你是我遇到的第一个。"

露西意识到了危险，乞求道："我想你不会把我交给她的，对吗？对吗？"

"假如我不去告诉她，"说着，他又哭了起来，"她很快就会发现，就会恶毒地割下我的尾巴，锯断我的角，拔掉我的胡子。若她恼羞成怒，还会把我变成石头，变成她那可怕的庭院里的一座羊怪石像。直到卡尔·帕拉维尔城堡的四个国王的宝座被人类占去为止。可是，这恐怕只是一场梦，这么困难的事，人类怎么可能实现呢？"

"非常对不起，塔姆努斯先生，"露西说，"请你让我回家吧。"

"放心吧，露西，在遇见你以前，我不知道人类是什么样子。现在我明白了，你这么好的人，我是不会把你交给白女巫的。"

说着，他立刻拉着露西走出洞去。在树林里最隐蔽的地方，两个人影急匆匆却又尽量不发声响地跑着。据半羊人说，整座森林都布满了白女巫的暗探，甚至有些树木都是她的爪牙。

跑到灯柱面前，露西才松了一口气。半羊人关心地问露西是否记得回去的路，露西在树林里仔细地看了看，瞧见远方有一片亮光，看起来很像阳光。

"认得。"她说，"我看见衣橱的门了。"

半羊人不舍地对她说："你……你肯原谅我本来想做的坏事吗？"

露西十分诚恳地握着他的手说，"当然，你已经冒险救了我，我衷心希望你不要因为我而遇到麻烦。"

露西大方地将自己的手绢留给半羊人作纪念。接着，她便向着远处有亮光的地方飞奔过去。一眨眼，她发现自己已离开了衣橱，来到了原来的那间空屋。她紧紧地关上了橱门，向四周张望了一下，不停地喘着粗气。

雨仍在下着，她清清楚楚地听见彼得他们还在走廊里说话呢。

"我在这儿！"她高兴地喊着，"我回来啦！平安地回来啦！"

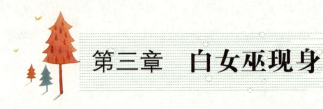

第三章　白女巫现身

露西从空屋里跑出来，很快找到彼得、苏珊和埃德蒙。她气喘吁吁地站在他们面前，说道："真好，我总算回来了！"

苏珊看着惊魂未定的露西，问："干什么这样大惊小怪的？"

露西说："你们就不问问我，这几个钟头去哪里了？"

其他人只是莫名其妙地盯着她看。露西就把自己怎么从衣橱门走进纳尼亚，以及遇到半羊人的经过，详细地说了一遍。

"露西，你是在编一个有趣的故事吧！"彼得说。

"怎么可能，我们刚离开空屋，"苏珊摸着露西的头说，"亲爱的露西，你只是在那里待了一小会儿啊！"

"不，不，是真的！"露西小脸通红地争辩着，"你们跟我去看一下就知道了，我没骗你们！"

她拉着其他三个人来到衣橱前，打开衣橱，对着彼得说："彼得，我不是编故事，你们来看吧！"

可是这次，他们仨，不，还有露西本人，一齐朝里面看去，真真切切地看到了大衣橱的后壁，是很普通很结实的后壁。

"露西，说谎可不是好习惯！"彼得说。

露西急得满脸通红，看着结实的衣橱后壁，她无可争辩，只好委屈地大声哭了起来。

这几天，露西一直闷闷不乐。她是个诚实的孩子，想要她违心地承认自己说谎是不可能的，她坚信自己经历的是真实的。

彼得和苏珊批评她说谎并不是有意奚落她，而是教育她。但埃德蒙老是故意找茬，不断取笑她："露西，又在哪个房间的衣橱里发现什么国家了吗？"

那几天天气很好，他们从早到晚都在外边，小孩子能干的事，他们都干了。洗澡啦，钓鱼啦，爬树啦……可怜的露西对这些却一点儿也提不起兴趣。

又一个阴雨天来了。那是一个下午，雨还没有停，他们只好又待在宅子里，玩小孩子最喜欢的捉迷藏游戏，彼得、埃德蒙、露西躲，苏珊负责找。

大家刚散开，不知怎么的，露西又走进了放衣橱的那个房间。看到衣橱，她并不想躲到那里，那只会使她想起那件匪夷所思的事来。

"唉，难道我那天去纳尼亚，真的是场梦吗？"她的眼睛望着衣橱，自言自语地问自己。外边的走廊传来脚步声。"这么快，苏珊来找人了，得赶快躲起来。"她没有别的办法，只好又跳进衣橱里，照例还是随手将橱门留了个缝。因为她知道，即使这不是一个神秘的衣橱，一个人把自己关在衣橱里也是非常愚蠢的。

"露西这个傻瓜，还想进衣橱编故事呀。"埃德蒙来到衣橱前。他稍微拉开衣橱门，皮外套、樟脑丸的气味迎面扑来。里面黑乎乎、静悄悄的，不见露西的人影。

"她以为我是来找她的苏珊，"埃德蒙自言自语地说，"所以她一直躲在衣橱里不吱声。"

"我看你能躲到哪儿去！"他一步跨进去，以为不消几秒钟就能摸到她，随手"砰"的一声关上了衣橱门。

埃德蒙在黑暗中摸索起来，令他吃惊的是，他怎么也摸不到露西。这时，他想到去开门，让亮光透一点儿进来，可他没能找到衣橱的门。他气得四下乱摸，还高声喊着："露西，你躲在哪里呀？还不出来！我知道，你就在这儿。"

这时，他发现了一处光亮。他以为是衣橱的门开了，便径直地走了过去。

亲爱的读者，你一定知道，那光亮是纳尼亚中的灯柱发出来的……

不久，埃德蒙便身处纳尼亚了，此刻他正在森林里的一片空地上，吃惊地看着周围的一切。

此时正是清晨。太阳刚从正前方的树林间升起，在白雪的映衬下，显得格外鲜红。四周的森林一望无际，也一片寂静，甚至听得见树木的枝干断裂的声音。

寒冷使埃德蒙不禁打起了寒战。这时他忽然想起，他是来寻找露西的，而露西那天跟他们说的竟都是真的。他想露西一定就在附近什么地方，所以他高声喊道："露西！露西！我是埃德蒙，我也来了。"可是没有人回答，

"露西，别生气了。你说的是真的，别不理我，我错怪你了，我向你道歉，我们和好吧！"仍然没有人回答。

四周静悄悄的，除了清冷，还是清冷。

"没意思的鬼地方，我得回去了。"他决定离开这里。

"丁零零……"遥远的树林里传来了铃铛的响声。因为寂静，铃声格外刺耳。那声音越来越近，越来越近，埃德蒙站在那儿，仔细倾听着。不一会儿，一辆雪橇由两只驯鹿拉着疾驰而来。

铃声正是这两只驯鹿脖子上挂着的铃铛发出来的。两只驯鹿着实漂亮。看，它们脖子上的套具是用深红色的皮革制成的，身上的毛比大地上的雪还要白，都是小巧玲珑的个子。

坐在雪橇上赶鹿的是一个肥胖的，长着能当作围巾用的长胡子的小矮人，如果他站直了的话，大约只有三英尺高。但他穿着不凡，北极熊皮做的衣服，围着一条红色的头巾，长长的金黄色的穗子从他的帽顶上垂下来。

更引人注目的是一个人，那个端坐在雪橇中间最高座位上的人，一个与众不同的女人。她比埃德蒙以前见过的任何一个女人都要高大。用"白"来形容她最恰当不过了。她全身穿着雪白的毛皮衣服，除了她那血红的嘴以外，她的脸就像雪、纸或冰糖一样白。

等埃德蒙看完这一切的时候，雪橇已向埃德蒙疾驰而来，铃铛"丁零""丁零"地响着，小矮人"噼噼啪啪"地挥着鞭子，雪向雪橇的四边飞溅，看上去真像一幅美丽的图画。

"停！"坐在雪橇上的那个女人说。

小矮人猛地拉了一下驯鹿的缰绳，驯鹿的前蹄向上腾空，再落地时已稳稳地停在了埃德蒙的面前。

埃德蒙看清楚了，这个女人头戴一顶金冠，右手还握着一根又长又直的魔杖。一张漂亮的脸因为阴沉着，显得十分骄横和冷酷。埃德蒙猜想她一定大有来头，同时一丝不安袭上心头。

"喂，你是干什么的？"那个女人几乎是叫着大声地问，两眼紧盯着埃德蒙。

埃德蒙更加害怕了，他结结巴巴地回答："我……我……我叫埃德蒙。"他很不满意这女人打量他时的那种神情，答话自然是小声而无力。

那女人皱起了双眉，恶狠狠地说："你就这样对女王讲话吗？"

"请原谅，陛下，我不知道您是女王。"埃德蒙被震住了。

"你不认识纳尼亚的女王？你竟然不认识纳尼亚女王？"她尖声喊道，"哼，很快你就会认得的。回我的话：你到底是干什么的？"

"陛下，"埃德蒙说，"我不懂您的意思，我在上学——确实是这样，陛下——这几天学校放假。"

第四章 土耳其软糖的诱惑

"你究竟是干什么的？"那女人又问，"你是个剃掉了胡子，长得特别高大的小矮人吗？"

"不，陛下，"埃德蒙被她的气势吓住了，老实地回答，"我还没有长胡子呢，我还是个男孩。"

"一个男孩！你是说你是亚当之子？"

埃德蒙被问得莫名其妙，一点儿也不懂这句话的意思，就傻愣着站在那里。

"回答我的问题！别惹我发怒，你是人吗？"

"是的，陛下。"这一次埃德蒙回答得很干脆。

"快点儿告诉我，你是怎么闯进我统治的地方来的？"

"陛下，我也不知道是怎么回事，我打开了一个衣橱的门，一跑到里面，就发现我在这儿了。"

"一个衣橱？这是怎么回事？"女王像是在自言自语，"一扇门，一扇通向人类世界的门！"

她突然想起了什么，脸色大变。一看到埃德蒙只有一个人，又露出阴险的笑。她突然从座位上站起来，死死地盯着埃德蒙的脸，眼里射出恶狠狠的光焰。她举起手中的魔杖。

"啊，厄运来了，我今天要死在这鬼地方了！"埃德蒙想。

魔杖在半空中又轻轻地落下，只听见女王柔和地说："我可怜的孩子，瞧，你都冻成这个样子了！来，坐到我身边来吧！"

埃德蒙难以接受她的转变，可是不敢违抗。只好战战兢兢地跨上雪橇，坐在她脚旁。她把毛皮披风的一角披在他身上，将他裹得紧紧的。

"你想喝点儿什么热的东西吗？"女王问。

"谢谢，陛下。"埃德蒙说，他的牙齿在不停地打战。

女王从身边掏出一个很小的铜瓶，从瓶里倒出一滴像宝石一样闪闪发光的东西，滴在雪地上。就像变魔术一样，雪地上顿时就出现了一个盛满饮料、冒着热气的宝石杯来。

那个小矮人马上拿起杯子，递给埃德蒙。这是一杯奶油饮料，非常甜，泡沫很多。埃德蒙喝了一口，觉得十分好喝。他一口气喝下以后，感觉有一股暖流一直暖到脚跟。

"亲爱的埃德蒙，你最喜欢吃什么东西呢？"

"土耳其软糖，陛下。"埃德蒙脱口而出。

女王又从瓶子里倒出一滴液体滴到雪地上，这次出现了一个圆盒子，里面装着好几磅最好的土耳其软糖。埃德蒙吃了起来，这软糖又甜又软，他觉得自己从没有吃过比这还要好吃的东西。现在他感到非常暖和，非常舒适。

女王在埃德蒙吃软糖的时候，接二连三地问了许多问题。埃德蒙的世界现在都被这软糖占据了，女王问什么他就答什么。最后，他把一切情况都告诉了她：他有一个哥哥、一个姐姐和一个妹妹，他还把露西来纳尼亚并遇见半羊人的事告诉了女王。

"你能肯定你们正好是四个人吗？两个亚当之子和两个夏娃之女，不多也不少？"

埃德蒙嘴里塞满了软糖，回答："是的，我已经告诉过你很多次了。"

"哼，谁都逃不出我的魔法，人类也不例外。"女王目露凶光，一边自言自语，一边恶狠狠地看着远方。

土耳其软糖全吃完了，埃德蒙的眼睛还滴溜溜地看着那个空盒子，希望女王会问他还想不想再吃一点儿。女王可能很清楚他在想什么，因为她知道这是施了魔法的糖，谁吃了都会上瘾，只要还有得吃，他就收不住口，一直吃到被撑死为止，但埃德蒙是不知道这点的。女王没有再给埃德蒙软糖，而是对他说：

"埃德蒙，我多么希望能够看到你的哥哥和姐妹呀！请你把他们带到我这儿来，好吗？"

"我一定照办。"埃德蒙说，两只眼睛依旧盯着那只空盒子。

"如果你能把他们带到我家来，我就会给你更多的土耳其软糖吃。现在我办不到，我的魔法只能变一次，到我家里就不同了。"

"那么我们现在就到你家里去，好吗？"埃德蒙完全被软糖诱惑了，之前还担心不知女王要带他到哪儿去呢，这会儿担心全抛到九霄云外去了。

"我家很漂亮，你肯定会喜欢，那里有好些房间是专门放土耳其软糖的。我没有孩子，很想把你这个漂亮的男孩认作儿子，让你当王子。你哪天把另外三个人带到我家来，我就哪天让你当王子。"

"我现在就想去！"埃德蒙说，他的脸变得通红。

"孩子，我为你着想，我很想认识你的哥哥、姐姐和妹妹。你将来成为王子，以后还要做国王，没他们的帮助怎么行，我要封他们做公爵。"

"他们没什么才能，"埃德蒙嘟囔着，"我随便哪天都能把他们带来。"

"我的家太舒服了，你现在去，就会只顾自己玩乐。行了，别啰唆了，过几天和他们一起来，不和他们一起来是不行的！"

"但我不认得回去的路。"埃德蒙说。

"那盏灯始终亮着，到灯柱那儿去，你就能找到回去的路了。"

"嗯，现在你务必看清楚的是另外一条路，"她指着相反的方向，"顺着树梢的上头看过去，你看到那儿有两座小山吗？"

"看到了。"埃德蒙回答。

"我就住在那两座小山之间。你下次来的时候，到灯柱那儿，朝着那两座小山的方向，穿过这片森林，就到我家了。你必须记住，来的是你们四个，如果只来你一个人，可别怪我发怒。"

"我一定尽力。"

"嗯，顺便说一句，"女王又说，"今天我们相遇十分有缘，我们之间的一切都将是秘密，不必告诉任何人，将来给他们来个惊喜多么有趣。你只要想办法把他们带进我家就行了，你是个聪明的小孩，要找个这样的借口还不容易，只需说一句'让我们看看谁住在这儿'或别的这一类的话就行了。你的妹妹见到过一个半羊人，她或许听到过他瞎说的关于我的什么坏话。她可能怕到我这儿来……"

说完，她向小矮人打了个手势，雪橇便疾驶而去。不一会儿，就

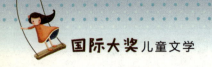

消失在埃德蒙的视野中。

"埃德蒙，埃德蒙！"从森林另一边跑来的露西惊喜地喊了起来，"真的是你，你也进来了！好玩吗？"

"是呀，"埃德蒙说，"没想到你以前说的事是真的，这真的是个神秘的衣橱。你刚才究竟在哪里？我到处找你呢。"

"我要知道你也进来了，我一定会等你。"露西说，她高兴极了，一点儿也没注意到埃德蒙说话时是多么急躁，脸色是多么红，多么奇怪。

"我和塔姆努斯先生一起吃饭，上次他放我走，白女巫没有发觉，他大概不会遇到什么麻烦了。"

"白女巫？"埃德蒙问，"她是谁呀？"

"她是个十分可怕的女巫。"露西说，"她自称是纳尼亚的女王，凡是心肠好的人，都对她恨之入骨。她能把人变成石头，做出各种各样恐怖的事来。她用魔法使纳尼亚一年到头都是冬天，始终过不上圣诞节。她手持魔杖，头戴王冠，坐在驯鹿拉的雪橇里，到处跑着。"

"呃，呃……"埃德蒙不知是软糖吃得太多，还是听到他的朋友是危险的女巫的关系，发出不舒服的声音。

"这些情况，是谁告诉你的？"

"塔姆努斯先生。"

"你不要总是相信他的话。"埃德蒙说，"他的话不一定是正确的。"

"你怎么知道的？"

"问问大家，都会这么说的。"埃德蒙掩饰地说，"好了，我们还是回去吧。"

"也好，我太开心了，这下我们两个人一起说来过纳尼亚，他们一定会相信了。那该多有趣呀！"

"哪里有什么趣，"埃德蒙暗想，"露西回去一说，我在大家面前只好承认她是对的。彼得和苏珊一定会站在塔姆努斯和别的动物的一边，如果大家都知道纳尼亚的情况，我就有口难辩了，怎么保守我的秘密呢？"

转瞬间，两人已站在放衣橱的房间里了。

"哎哟，"露西说，"你的脸色多么难看哪，埃德蒙，你不舒服吗？"

"我很好。"埃德蒙不耐烦地回答道。

"那么走吧，"露西开心地说，"我们找他们去，我们有许多话要告诉他们！如果我们一起来这里，肯定会遇到很多奇异的事情！"

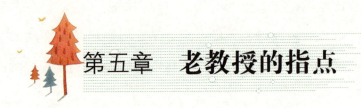

第五章 老教授的指点

捉迷藏的游戏还在继续，所以埃德蒙和露西花了好长时间才找到其他人。他们终于聚在一起了。

"彼得！苏珊！我上次说的一点儿也没错，衣橱里有另一个国家。今天埃德蒙和我都进去过了，埃德蒙，你把所有的情况都告诉他们吧！"露西立刻忍不住地说。

"埃德蒙，这到底是怎么回事？"彼得问。

埃德蒙一直感到很不舒服，正考虑着如何既能保守秘密，又能自圆其说，彼得突如其来地问起他这个问题，他就把心一横，决定死不认账。

"告诉我们吧，埃德蒙。"苏珊说。

埃德蒙装作成熟的样子，"扑哧"一笑说："噢，露西和我一直躲在衣橱里做游戏，她又说起上次讲的衣橱里发生的事，求我帮她一起说谎。我只是跟她开玩笑，说我同意了。其实，那儿根本没有什么另一个国家。"

可怜的露西惊讶地看了埃德蒙一眼，便一口气跑到了屋外。

　　为了装得更像是真的，埃德蒙又说："她又去啦，她是中了魔法还是怎么的？小孩子就是爱胡闹（他忘了自己只比她大一岁），他们老是……"

　　"住口，小坏蛋，自从她上次乱说一些衣橱的事后，你对她总是冷嘲热讽的，现在你还跟她一起躲进衣橱里做游戏，还把她气走了。我看，你这样做完全是不怀好意。"彼得打断埃德蒙，严厉地批评道。

　　埃德蒙听到彼得的最后一句话，吓了一跳。他嘟囔道："但她就是胡编乱造。"

　　"当然都是胡编乱造，"彼得说，"问题的严重性就在这里。露西在家的时候好好的，可是来到这儿以后，她看上去要么神经很不正常，要么就是谎话连篇。可是你，每天对她喋喋不休，今天对她百般嘲讽，明天又去怂恿她，你安的什么心？"

　　"我原来想，我原来……"面对彼得的指责，埃德蒙却想不出该说些什么。

　　"你想什么来着，"彼得说，"你尽想坏主意。你就会欺负比你小的孩子，你以前在学校就是这样。"

　　"你们别吵了，"苏珊说，"你俩在这里吵架，对事情也不会有什么帮助。我们去找露西吧！"

　　好长一段时间后，他们才找到了露西。

　　"不管你们怎么想，怎么说，我都无所谓。"正哭得伤心的露西说，"你们可以去告诉老教授，也可以写信告诉爸爸妈妈，随便你们怎么做都可以。我只知道我在那里碰见了一个半羊人。我要是留在那里多好哇！"

这是一个十分不愉快的夜晚。露西感到很委屈，埃德蒙也开始感到，他的计划并没有像他预料的那样奏效。彼得和苏珊却真的以为露西的精神不大正常，在她入睡以后很久，他们还站在走廊里小声地议论着。

第二天早上，他们决定把全部情况都告诉老教授。由老教授来判断露西的状况，如果老教授认为露西有病，就由他写信给他们的爸爸。毕竟大人们沟通起来比较顺利。

他们有礼貌地敲了敲老教授书房的门，老教授热情地请他们进去了，并给他们找了两把椅子，说愿意为他们效劳。

然后老教授坐下来，十个指头互相抵着，问："孩子们，有什么事吗？"

苏珊把露西的事说了一遍，说得不仔细的地方，彼得还做了补充。

老教授静静地听他们讲完露西的事之后，好长时间没有吭声，最后他清了清嗓子，出乎意料地问道："你们能断定露西讲的故事就不是真的吗？"老教授问这话的时候，一脸严肃。

彼得和苏珊都没想到老教授会这么问。过了一会儿，苏珊鼓起勇气开口说："埃德蒙亲口告诉我们，他们只是开玩笑而已。"

"有一个关键问题倒值得你们仔细考虑，"老教授说，"根据你们的经验——请原谅我提出这个问题——你们认为他俩谁更诚实一些呢？"

彼得毫不犹豫地答道："直到现在为止，我应该说，露西要比埃德蒙诚实。"

"你呢，我亲爱的孩子？"老教授转过头来又问苏珊。

"我也同意彼得的看法，"苏珊说，"但关于森林和半羊人的故事总不可能是真的吧。"

"这个问题我也不得而知，"老教授说，"但是，随口指责一个你们都认为诚实的人说谎，这倒是一个非常严重的问题。"

"我们担心的倒不是露西说谎，"苏珊说，"我们认为很可能是露西的精神出了问题。"

"你的意思是说她发了疯？"老教授非常冷静地说，"嗯，这个很容易判断，只要观察她的脸色，和她认真交谈交谈，就可以断定了呀！"

"但是……"苏珊刚开口又不说了。她做梦也没想到像老教授这样的大人会说出这种话来，她有点儿糊涂了。

"逻辑！"老教授半是自言自语地说，"现在学校为什么不教孩子们一点儿逻辑呢？"

接着他又对彼得和苏珊说："明显这件事只有三种可能：或者是露西说了谎；或者是她精神不正常；要不，她讲的就是真话。你们都说她向来不说谎，她的精神又没有什么问题。那么在发现更充分的证据之前，我们就只能假定她讲的是真实的。"

苏珊紧盯着老教授的嘴，她真的希望老教授是开玩笑的。但是老教授的确是严肃认真的呀，苏珊彻底懵了。

"但是，这怎么可能呢，先生？"彼得问。

"为什么就一定不可能呢？"老教授反问了一句。

"因为，"彼得说，"假如是真的，为什么有时又不能在衣橱里发现那个国家呢？"他把上次露西带他们三个人去看衣橱，却根本没有发现什么的情况告诉了老教授。

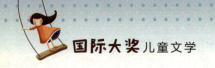

"这有什么关系呢？"老教授说。

"有关系，先生。如果是真的，那些东西就应该始终都在那里。"

"始终？"老教授问道，彼得不知如何作答才好。

"但是露西躲在衣橱里只有一眨眼的工夫，"苏珊说，"即使衣橱里有那么个地方，她也没有时间去呀。因为我们刚从那里出来，她就跟在我们后面出来了，前后还不到一分钟，她却硬说自己离开了好几个钟头。"

"正因为如此，她说的故事才更像真的，"老教授说，"假如这间房间里真的有一扇门通向另一个世界，那个世界一定有它自己的时间概念，不管在那儿逗留多长时间，也不会占去我们在这个世界的任何一点儿时间。另外我认为，露西这么小，是不可能自己编造出这样的故事来的。假如她想说谎，她就会在里面多藏一段时间，然后再出来讲她的故事。"

"孩子们，说实话，我对自己的这栋房子也知之甚少。它很古老，也很有名，全国不少人都要来参观，你们也来一段时间了，应该也看到不少来参观的人了吧！"

"您是说，在这栋房屋里，到处都有可能有别的世界吗？"彼得问道。

"这是非常可能的，"老教授说，他一边摘下眼镜擦了擦，一边又自言自语地嘟囔，"我真不懂，这些孩子在学校里到底学了些什么东西？"

"那么我们该怎么办呢？"苏珊说，她感到这场谈话已经开始跑题了。

"孩子们，"老教授突然抬起头来，用一种非常严肃的神情看着他俩说，"有一个计划值得一试，但谁也没有提起过。"

"什么计划？"苏珊问。

"这个，算了，我们就别去管它了。"老教授说。

谈话就这样结束了。

第六章　四兄妹误入纳尼亚

　　彼得做了许多工作，使埃德蒙不再嘲笑露西。露西也不再想和别人谈衣橱的事，这已成了使人不快的话题。所以，在相当长的一段时间里，一切奇遇似乎都已成了过去。

　　孩子们还是和平常一样，天气好的时候去住宅外爬爬山，去树林里捉鸟雀，到小河边玩耍。天气不太好或者在住宅外玩腻了的时候，他们就会在住宅中无数的房间里捉迷藏，或者研究房间里古老的陈设。

　　几天以后的一个阴天，彼得和埃德蒙正在那间有一副盔甲的房间里望着盔甲出神，想试试能否把它拆卸下来。两个女孩忽然奔进屋里说："不好啦，马克里蒂太太带着一群参观的人来了！"

　　正如老教授所说，这里经常接待全国各地来此参观的人。老教授从不拒绝客人的要求，因此各个房间也成了参观对象。

　　女管家马克里蒂太太一大半的时间就用于带领观光的人四处转。她乐此不疲地给他们介绍画啦、盔甲啦，以及图书馆里稀有的书籍啦。当她为客人们滔滔不绝地讲述她所知道的各种故事时，她是不喜欢别人插嘴打扰的。为此孩子们怀疑她肯定与客人之间在某些方面有什么交易，她一定从中收到了不少好处。

马克里蒂太太不喜欢孩子，孩子们知道，来这儿的第一天，她瞧他们的眼神里就含有"以后在这里，小心点儿"的意味。几乎在孩子们来的第一天早上，她就向苏珊和彼得交代过许多规矩，同时还特别强调："请你们记着，我领人参观的时候，你们要躲远一点儿。"

"真糟糕！"彼得说，四个人很快就从后面的门溜掉了。他们溜出来以后，先进了那间休息室，后来又跑到了图书馆。当他们以为自己已经躲避掉马克里蒂太太的时候，突然听到前面有说话的声音。刚才明明看见马克里蒂太太带着观光的人群到后楼去了，怎么又到了前楼来？

后来，不知是他们自己昏了头，还是出于对马克里蒂太太的恐惧，还是别的什么力量的再次显现，他们似乎感到每到一处都有人在后面跟着。

最后，苏珊说："啊，这些游客真讨厌！喂，让我们躲到放衣橱的那间房间里去吧，那儿除了衣橱什么也没有，他们肯定不会跟我们到那儿去的。"

四兄妹立即跑向那间房，刚进去，就听见马克里蒂太太和观光的人到了走廊。他们大声地说着话，接着又是开门的声音，紧接着，门把手已经在扭转了。

"赶快！"彼得说，"没有别的地方可躲了！"他猛地一下推开了衣橱门。四个人蜷缩在黑咕隆咚的衣橱里边，不停地喘气。彼得带上了衣橱的门，但并没有把它关紧，因为，他跟露西一样清楚，把自己关在衣橱里是非常愚蠢的事。

一个空房间，又没什么可看的，外面的人还是在说着什么。

"马克里蒂，快点儿把这些人带走吧。"蜷缩时间太久，苏珊忍不住说，"我的腿都抽起筋来了，实在难受啊。"

"樟脑丸的气味太难闻了！"埃德蒙接着说。

"我倒希望这些外衣的口袋里多放些樟脑丸，"苏珊说，"这样就不会有蛾子了。"

"有什么东西戳到我背上了。"彼得说。

"你们感到冷吗？"苏珊问。

只有露西已经在心里明白是怎么回事了，可是又不敢十分确定，所以她默不作声。

"你这么一说，我倒真的冷起来了。"彼得说，"真该死，这里还潮乎乎的呢。这到底是怎么啦？我坐的地方一下子变得湿漉漉的了。"他一下子跳了起来。

"我们还是出去吧。"埃德蒙说，"他们已经走啦。"

"哟！"苏珊突然尖叫一声。

"我怎么靠着一棵树坐在这儿？"苏珊说，"看，那边有亮光了。"

"啊，真的，"彼得说，"瞧那儿，到处都是树。潮乎乎的东西原来是雪。啊，我现在真的相信我们也到露西来过的地方了。"

彼得的话一点儿也不错。四个孩子全站在那儿，在冬天阳光的照耀下，他们眨巴着眼睛。在他们后面是挂在衣钩上的外套，在他们面前是覆盖着雪的树木。

他们四兄妹一起来到了纳尼亚。

彼得转过身对露西说："露西，我错怪你了，我向你道歉。真对

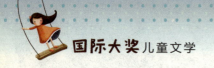

国际大奖儿童文学

不起，让我们握手，好吗？"

"好。"露西和他握着手，这么多天来积压在心头的什么东西，此刻终于烟消云散了。

"那么，"苏珊说，"我们下一步该怎么办？"

"怎么办？"彼得开心地说，"还用说吗，当然是到森林里去探险喽！"

"哦，"苏姗跺着脚说，"多冷啊！"她的目光落在了衣橱里的衣服上，有了主意，"正好拿几件外套先穿上，你们说好吗？"

彼得认为没征得主人的同意有些不妥。

苏珊说："我们又不是不归还，而且我们又不是想把它们带到屋外去，我们甚至不会把它们带出衣橱。"

"我倒没想到会是这样，"彼得说，"你说得太对了，我们回来时放回原处就行了。嗯，据我猜测，这整个国家就在衣橱里边。"

意见一致，他们开始穿起衣服来，衣服套在身上，一直拖到脚后跟，就像是穿了大袍子似的，但他们都感到暖和多了。

四个人相互望着，都不觉得滑稽，在冰天雪地的风光映衬下，他们就像一个个斗士，精神抖擞。

彼得朝着天空挥拳说道："出发！"他带头朝着森林走去，其余三个在后面紧紧跟上。

第七章　塔姆努斯遇险了

不一会儿，乌云密布，看样子在傍晚前还要来一场大雪。

"喂，"走了一会儿以后，埃德蒙说，"如果我们要到灯柱那边去的话，我们就应该靠左边一点儿走。"话刚说出口，他就意识到自己露了马脚，懊恼地低下头。

彼得和苏珊都停住脚步，盯着他看。彼得吹了一声口哨。"原来你真的到过这儿，你这个小坏蛋！"他说，"可怜的露西那天让你说这儿的情况，你却一口咬定她说谎。"

"因为你，可怜的露西受了多少委屈呀！"苏珊也为露西抱不平。

埃德蒙只顾低头，一时间，大家都不说话。

"唉，真搞不懂你这是为什么？这世界上各种各样的人都有……"彼得说着，耸了耸肩膀，没有往下再说什么。

沉默了一阵，四个人继续向灯柱走去。埃德蒙在心里嘀咕："等着瞧，我总有一天要惩罚你们，你们这些自命不凡的讨厌鬼。"

"我们到底往哪里走哇？"苏珊问道，也是为了岔开刚才的话

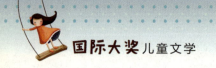

题，免得两个男孩之间的不愉快影响了行程。

"依我看，直接听露西的好了，她都来过两次了，就让她做向导，"彼得说，"也只有她配做向导。露西，你打算带我们去哪儿？"

"去看看塔姆努斯，好不好？"露西说，"他就是我对你们讲过的那个善良的半羊人。"

事实证明，露西是个好向导。没费太大的周折，就带着大家走过那崎岖不平的石头路，走进了那个小山谷，没多久就来到了半羊人的洞口。

"啊！"他们都大吃一惊，因为他们看到的是一幅十分可怕的景象：门已被撞坏了，断成几截，乱七八糟地散落在洞前。

"塔姆努斯，塔姆努斯！"露西焦急地喊起来，无人应答。

雪从洞口吹进去，堆积在门口。他们小心地走进去，洞内又黑又冷，还潮湿，满是霉味。显然长久没人住了。地上有黑乎乎的东西，仔细一看，是烧剩下的木炭屑和炭灰，是有人把烧着的柴火扔到了洞内熄灭后留下的。陶罐碎了一地。露西看到，连半羊人父亲的画像都被人砍成了碎片。

"这地方被糟蹋得简直不成样子。"埃德蒙说，"到这儿来有什么意思呢？"

彼得突然发现地毯上钉有一张纸，他弯腰拾了起来。

"上面写了什么？"苏珊问。

"看不清楚，我们出去看吧。"彼得回答。

在洞外，他们围着彼得，听他念道：

本处原主塔姆努斯，因反对尊敬的纳尼亚女王、卡尔·帕拉维尔城堡的女主人、孤岛女王贾迪思陛下，胆敢庇护女王陛下的敌人，窝藏奸细，与人类友好，罪行严重，现已被捕，即将受审。

女王陛下万岁！

秘密警察局长：毛格利

孩子们惊得瞪着眼睛，面面相觑。

"这个女王是谁，露西？"彼得问，"你知道她的情况吗？"

"她哪里是什么女王，"露西说，"她是个可怕的女巫，就是那个白女巫。森林里正直的人都恨死她了。她滥杀无辜，不让人过好日子。她用魔法使这里一年到头都是冬天，而且没有圣诞节。"

"我，我觉得没有必要再走下去了，"苏珊说，"这里似乎不是十分安全，又无趣，天气还这样冷，我们又没带吃的东西，干脆回家吧，好吗？"

"哦，不能，不能，"露西立即说，"纸上说的半羊人庇护的女王的敌人指的就是我。为了我，你们的妹妹，可怜的半羊人才遭此毒手的。我们必须赶快想办法救他！"

"我们连吃的东西也没有，还能做别的事吗？"埃德蒙说。

"你，住嘴！"彼得还在生埃德蒙的气，他对苏珊说，"你的意见呢？"

"露西说的是不错。"苏珊说，"要是我们不来这儿多好，但已经来了，我想，我们必须替那个什么先生——我说的是那个半羊人，想想办法。"

"我也这样想，"彼得说，"我也担心我们没吃的，想回去拿点儿食品再来。但是，我们出去再想到回到这个国家可能就没机会了。我看，我们得继续前进。"

"我也这样想。"两个女孩子异口同声地说。

"要是我们知道这个可怜的人被囚禁在什么地方就好了。"彼得说。他们不知道下一步该怎么办。

突然，露西发现了一只知更鸟，它停在距他们几步远的雪地上，眼睛一直盯着他们。

"快看那只鸟！"露西喊道，"它是我在这儿看到的第一只鸟。哎呀，瞧它的眼睛，它好像有什么话要对我们说似的。"

她向前走了几步，知更鸟竟也没飞走。露西说："请问，你知道塔姆努斯先生被押送到什么地方去了吗？"

她说着，又朝着知更鸟走近了一步。那知更鸟立即就跳着飞走了，不过它就落在紧紧相邻的一棵树上，紧紧地盯着他们，好像它完全懂得他们说的话似的。四个孩子几乎把什么都忘了，一起向它走近了一两步。看到他们走近了，那知更鸟又飞到了另外一棵树上，仍然紧盯着他们。

孩子们明白了，这只知更鸟确实是想给他们引路。商量了一下，他们决定跟着它走。知更鸟就这样飞着引领着他们，距离仅保持着几码远，使他们很容易跟上它。这次，两个女孩子走在前面。

半个小时后，头上的乌云散开了，太阳出来了，茫茫雪原变得更加耀眼晶莹。

埃德蒙不想再忍饥挨饿地继续走下去了，于是他对彼得说："你们别高傲自大、目中无人，我有话要对你们说，你们最好听听。"

"你要说什么？"彼得问。

"嘀，小声点儿，"埃德蒙说，"别吓到女孩子。你有没有意识到我们是在干什么？"

"什么？"彼得压低了声音问。

"我们盲目地跟随这个向导，我们怎么知道它站在哪一边呢？它要是把我们带到危险的地方去呢？"

"书上的故事中，所有的知更鸟都是善良的鸟。知更鸟肯定不会站在错误的一边。"

"就算是这样吧，但哪一边是正确的呢？你们怎么就确定半羊人是正确的，而女王，对了，半羊人说她是女巫，就是错误的呢？"

"半羊人救了露西的命。"

"哼，这是半羊人自己这样说的，我们又哪里知道呢？另外，又有谁知道回去的路呢？"

"天哪！"彼得说，"这些问题我事先还没有认真考虑过呢！"

"而且，我们没有食物！"埃德蒙乘机又强调道。

第八章　热心的河狸夫妇

"啊。"苏珊和露西的叫声打断了彼得和埃德蒙低声的谈话。

"知更鸟，"露西喊道，"知更鸟飞走啦！"知更鸟突然飞得无影无踪。

"现在我们怎么办？"埃德蒙有点儿幸灾乐祸，他看了彼得一眼。

"别出声，你们看！"苏珊说。

"什么？"彼得问。

"那儿，左边的树林中有什么东西在动。"

他们拼命睁大眼睛搜索，但只觉得眼前白茫茫一片，什么也看不见。

苏珊说："瞧，他又动了。"

"这次我也看到了，"彼得说，"他躲到那棵大树后面了。"

"那是什么东西呀？"露西假装轻松地问道，其实她心里十分害怕。

"谁知道他是什么？"彼得说，"他老是躲着我们，就怕被人看见。"

"我们回去吧。"苏珊说。他们虽然嘴上没说，但个个心里都明白，他们陷入了迷路的境地。

"他长什么样子呀？"露西问。

"他是，他是一种动物。"苏珊说。过了一会儿，她又喊道："你们快看，快！他又出来啦！"

这次大家都看清楚了，他从那棵树后面探出脑袋盯着他们看，那是一张长满了络腮胡子的毛茸茸的脸。这回他停留的时间长了一些，并用它的爪子捂着嘴巴，好像让他们别嚷，要安静。接着他又消失了。

孩子们都屏住呼吸，站在那儿。过了一会儿，他又从那棵树后面出来，环顾了一下四周，好像在侦察有没有人注意似的，又向他们"嘘"了一声，并招着手，意思是跟他走，接着他又消失了。

"我看清楚了，"彼得说，"他是河狸，我看见他的尾巴了。"

"他是叫我们跟他走，"苏珊说，"还叫我们别作声。"

"这我知道。"彼得说，"问题是我们去还是不去？露西，你看怎么样？"

"我看这只河狸很老实。"露西说。

"真的吗，你怎么就看得出来？"埃德蒙不屑地说道。

"我们得冒一次险。"苏珊说，"我是说，一直站在这儿没有用。我肚子饿了。"

这时，河狸又突然从树后面探出头来，向他们诚恳地点头示意。

"来吧，"彼得说，"让我们试一试。我们都靠紧点儿，如果他是敌人，我们就跟他打一仗。"

于是，孩子们紧靠在一起，朝着河狸走去，刚要到他面前，他又继续朝后退去了。他压低了嗓门儿，用一种嘶哑的声音对他们说："往里，再往里，到我这儿来，在外面有危险。"河狸把他们一直引到一个非常幽暗的地方，这才开始和他们说话。

"你们是亚当之子和夏娃之女吗？"他问。

"是的。"已经从露西处懂得其意的彼得答道。

"嘘——"河狸说，"声音不要太大，即使在这儿，我们还是不够安全。"

"你怕谁？"彼得说，"除了我们，没别的人啊。"

"这里有树。"河狸说，"他们老把耳朵竖着。他们当中绝大多数站在我们一边，但也有背叛我们倒向她那一边的，你们知道我说的是倒向谁吗？"

"白女巫？"露西试探着问。

河狸接连点了好几下头。

"要是说到两边的话，"埃德蒙说，"我们怎么知道你是朋友还是敌人？"

"请你别见怪，河狸先生，"彼得解释说，"你看，我们彼此之间还不熟悉呢。"

河狸不说话，从口袋里拿出一件白色的小东西来。露西立刻说道："哦，这是我的手绢，是我送给可怜的塔姆努斯先生的。"

"不错，"河狸说，"我可怜的伙伴，这是他在被捕之前和我的一次会面中交给我的，他说他迟早要出意外，并告诉我如果有机会见到你们，就设法在此与你们会面，并领你们到……"

说到这里，河狸的声音低得听不见了。他神秘地向孩子们点点头，又向他们做了一下手势，叫他们尽量靠近他站着，以致孩子们的脸都碰到了他的胡子，感觉痒痒的。

河狸先生这才低声地补充说："据说阿斯兰正在活动，也许已经登陆了。"

现在，一种非常奇怪的现象发生了。孩子们根本不知道阿斯兰是谁。但河狸一提起这名字，一种异样的感觉就传遍了他们全身，每个孩子都感到心里有一样东西在跃动。当然每个人的感觉是不一样的，埃德蒙有一种莫名其妙的恐惧，彼得突然变得无所畏惧了，苏珊感到有一种芬芳的气息和一首美妙动听的乐曲在她身旁荡漾，露西则感到特别兴奋和喜悦。

"谈谈塔姆努斯先生的情况吧。"露西说，"他在哪儿？"

"嘘——"河狸说，"这儿还不是说话的地方，我必须带你们到一个可以交谈和吃饭的去处。"

现在除埃德蒙以外，谁也不怀疑河狸了。不过，听到"吃饭"这个词，大家都很兴奋，他们全都跟在河狸先生后面快速地朝前走去。

河狸的速度快得惊人，他领着他们在森林里植物最茂盛的地方走了一个多小时。正当大家感到又饿又累的时候，树木变得稀疏了，地面的坡度也变陡了。他们走出了树林。蔚蓝的天空上，太阳依旧照耀着，冰清玉洁的世界美得如同一幅画。

他们现在站在一个又陡又窄的山谷边上，一条大河被冰封起来了。在他们脚旁，一条水坝穿河而过。

"这条水坝筑得多漂亮啊！"苏珊说。

河狸先生这一次没有说"别作声"，却摸着胡须笑眯眯地连声说："只不过是个小玩意儿！只不过是个小玩意儿！它还没有全部完

成呢！"想到河狸很会筑坝，孩子们明白了，这原来就是河狸先生的杰作呀，难怪回答得这么谦虚而又有礼貌。

大坝将大河拦腰截断。坝的上游原来很深的水池，现在是一片平坦的暗绿色的冰池。坝的下游因为流水飞奔溅起水花，所以结的冰不平滑，有的冻成了泡沫形状。原先漫水和过水的地方现在成了一堵闪闪发光的冰墙，上面好像挂满了晶莹洁白的鲜花、花环和花冠。

大坝中间，有一间十分有趣的小屋，样子就像一个巨大的蜂箱。这时，屋顶的一个洞中正冒出炊烟。一看到它，露西的肚子叫得更欢了，彼得甚至发出了咽唾液的声响。

"那就是我的家，"河狸说，"我的太太正等着我们呢。好，我来带路，但是请大家小心点儿，不要滑倒。"

坝顶相当宽，上面完全可以走路，但对于四兄妹来说，还是很滑。他们互相帮助，终于到了坝的中间，来到了那间小屋门口。小屋里发出"咔嚓""咔嚓"的声响。

"我们回来啦，太太，"河狸先生说，"我找到他们了。他们就是亚当和夏娃的儿女。"说着，把他们全让进了屋。

面容慈祥的河狸太太正忙着踏缝纫机补着什么，听到河狸的声音，随即就把手中的活停了下来，起身迎接。

"终于把你们盼来啦！"她伸出两只满是皱纹的苍老的爪子说，"我做梦也没有想到我还能看到这一天！土豆煮在锅里，水壶已经响了。"

"哎，你替我搞些鲜鱼回来才好哩！"她又对河狸先生说。

"行，我就去。"河狸先生说着，提了一只桶，就走出了屋子，彼得也跟着一起去了。

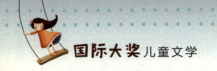

河狸先生很快来到一个地方，冰上有一个小窟窿，这是河狸先生每天用斧子凿开的。

河狸先生静悄悄地往洞边一坐，注视着洞里的河水，突然，他飞快地把爪子伸进水中，一条漂亮的鳟鱼被逮住了。就这样，他一连逮到了许多鱼。

苏珊和露西也没闲着，她们把水壶灌满水，收拾饭桌，切面包，热菜，又从屋角的一只桶中替河狸先生舀出一大杯啤酒。最后，她们把煎鱼的锅放到炉子上，倒进油烧热，只等河狸先生回来。 像算好了时间似的，油锅嘶嘶响的时候，彼得和河狸先生带着鱼回来了，河狸太太马上把鱼放进了锅里。原来河狸先生早就在外面用刀解剖并洗好了鱼。煎鱼的味道别提有多香了，饥肠辘辘的孩子们多么希望它们能早点儿煎好。尽管河狸太太说"我们马上就开饭"，他们仍然止不住嘴里四溢的口水。

苏珊把土豆滤干后又把它们放回炉子口的空锅里去烤，露西则帮河狸太太把鳟鱼盛进盘子中。几分钟后，大家就把凳子摆好（除放在灶边供河狸太太坐的特制的摇椅以外，其余都是三条腿的凳子），准备吃饭了。

桌上准备了一大罐牛奶给孩子们喝，河狸先生只喝啤酒，桌子中间还放着奶油，以免吃土豆时单调。河狸太太端上一大盆鱼时，孩子们都认为这是世界上最美味的食品了。他们吃完鱼以后，又吃了河狸太太制作的美味果酱卷儿。同时，河狸太太把水壶移到炉子上。等他们吃好果酱卷儿以后，茶就已经准备好了。孩子们喝了茶，又把凳子往后移动了一下，靠墙倚着，心满意足地舒了一口气。

"现在，"河狸先生把空啤酒杯往旁边一推，把茶杯拿到面前说，"请你们等我抽袋烟，好吗？不用说，我们现在可以着手干我们的事了。天又下起雪来啦，"他抬头望了望窗外继续说道，"这就更好了，一下雪，就更有利于我们了，即使有人想跟踪你们的话，也找不到你们的脚印了。"

群内回复"汤姆·索亚历险记"，
可获取《汤姆·索亚历险记 世界儿童文学经典》音频资源。

第九章　古老的预言

　　"现在，尊敬的先生，"露西着急地说，"请您告诉我们，塔姆努斯先生出什么事了？"

　　"唉，糟糕透了。"河狸先生摇着头说，"他是被警察带走的。这个情况我还是从一只鸟那里探听到的，它亲眼看见他被他们带走的。"

　　"我知道，一定是给我们带路的知更鸟！那么您知道塔姆努斯先生被带到什么地方去了吗？"露西问道。

　　"我的鸟朋友最后看到他们是朝北去的，大家都知道那意味着什么了吧！"

　　"意味着什么？"苏珊问。

　　河狸先生忽然想起他们是人类，就忧郁地摇了摇头说："恐怕是被带到她的住所去了。"

　　"那白女巫会把他怎么样呢，河狸先生？"露西紧张得喘不过气来。

　　"唉，"河狸先生说，"我也不知道老妖婆会怎么对待他。被她弄进去就别想着能再出来，据说在她的宫殿里，到处都堆满了石头雕像。她把背叛她的人……"他停顿了一下，颤抖着说，"通通变成了石头。"

"难道我们就一点儿办法也没有了吗？"露西说，"太可怕了，我不要我的朋友成为石像，河狸先生，我们应该想尽一切办法去救他。"

"你们都是善良的好孩子，"河狸太太说，"但是，谁能有本事走进她的宫殿，又能活着出来呢？"

"我们不能用些计谋吗？"彼得说，"比如，我们乔装打扮，等她出宫殿时，再偷偷地潜入，或者……反正，我们不能袖手旁观。河狸先生，这位塔姆努斯先生不顾生命危险救了我们的妹妹，我们不能不顾他的死活呀！"

"不行啊，彼得，"河狸先生说，"你们再怎么想办法也没用，都是一个结果——自取灭亡。"

"唉，看来，只有一个办法了，听说阿斯兰回来了……"河狸先生一提到阿斯兰，那种神奇的感觉就又拨动着几个孩子的心弦。

"河狸先生，您总提到阿斯兰，他能解救塔姆努斯先生吗？跟我们说说他的情况吧！"几个人异口同声地说。

"阿斯兰？"河狸先生说，"这，好吧，他是一位国王，是我们的森林之王，可是他很神秘，不经常在我们纳尼亚，谁也不知道他在哪儿。在我父辈中，就没听说他回来过，我这一生到目前为止，也没见他来过。但现在有确切的消息说，他已经回来了。听说他就在纳尼亚，还说他一定要将白女巫彻底消灭。孩子们，能够救塔姆努斯先生的就是他，而不是你们。"

"她就不会把他变成石头哇？"埃德蒙小声地说。

"你们真是一无所知呀！"河狸先生笑着说，"想把他变成石头？她没那个胆子，也没那个能耐，她把纳尼亚弄得一团糟。阿斯兰要重整河山，给纳尼亚以光明。"

说到这里，河狸先生情绪很是激动，说道："孩子们，我给你们背一首我们纳尼亚关于阿斯兰的古老的诗歌吧！"

阿斯兰神威显一显，是非颠倒都改变；

阿斯兰大声吼一吼，疾病愁苦再不添；

阿斯兰利牙露一露，漫漫严冬全不见；

阿斯兰鬃毛抖一抖，烂漫春天重又现。

背完诗后，河狸先生又说道："你们见到他以后就会明白了。"

"我们要去见他吗？"苏珊问道。

"苏珊，如果不见他，我把你们带到这儿来，那就是害了你们哪。我一定把你们带去跟他相会。"河狸先生说。

露西真有点儿迫不及待地想见到这位神秘的国王阿斯兰，好解救出她的朋友了。她又问："那么，阿斯兰是人吗？"

"阿斯兰是人？"河狸先生摇了摇头，严肃地说，"当然不是，他是森林之王，是海外大帝之子。他是一头雄狮，是伟大的百兽之王。"

"哦，哦，"苏珊说，"我和露西的想法一样，也以为他是人呢。那我们相见，他不会伤害我们吧！我，我感到非常害怕。"

"谁见他都会感到害怕，这一点儿也不奇怪，"河狸太太说，"听说大家在阿斯兰面前，两膝都会不自觉地发抖，除非他是一个非凡的勇士，或者就是一个傻瓜。"

"那他危险吗？"露西说。

河狸先生说："孩子，他威武得使人望而生畏，但他是善良的。他是王，懂了吗？"

"即使我见到他会感到害怕，可我还是渴望去见他。"彼得豪气冲天地说道。

"说得好，彼得，"河狸先生高声说，并用他的爪子猛拍了一下桌子，表示赞赏彼得的勇气，"实话告诉你们吧，我已经接到他传来的口信，他约你们去与他见面。不出意外的话，我们明天在石桌那儿与他相见。"

"石桌在哪儿，离这儿远吗？"露西问。

"我会给你们带路的，"河狸先生说，"那儿离这儿是很远，我保证送你们到那儿。"

"路远我倒是不怕，可是我怕耽误了救塔姆努斯先生！"露西说。

"没有别的出路了，你们能帮助他的最好最快的办法就是去找阿斯兰，"河狸先生说，"只要让你们与他相见，我们就会有办法救塔姆努斯。我说的'我们'，还包括你们！"

"我们？"露西不解地问，"您不是说，我们没有办法，只有依靠阿斯兰吗？"

"我们这儿还流传着这样一个古老的预言，跟你们人类有关系。"河狸先生又说，"一旦亚当的亲骨肉登上卡尔·帕拉维尔的王位，罪恶的年代就会一去不复返。你们看，我们这儿阿斯兰曾来过，但你们人类从没有人来过。现在你们都来了，纳尼亚的厄运不是就要

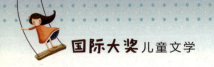

结束了吗？"

"人类从来没有来过？我不懂，河狸先生，"彼得问，"难道女巫自己就不是人吗？"

"她倒愿意我们相信这一点，"河狸先生说，"这个巫婆，她就是以人类自居来自封为女王的。但她根本不是人，她不是夏娃之女。孩子们，请允许我说你们父王的隐私。她是你们父王亚当的第一个妻子妖精莉莉丝生的，她是妖魔家族的一员。女王的来历就是这样——这是从一方面来说。另一方面，她来自巨人。所以，是啊，她身上没有一滴是真正人类的血液。"

"所以她从头到脚坏透了，河狸先生。"河狸太太愤愤地说。

"对极了，河狸太太，"他答道，"所以我的经验是，当你面对想要变作人而还没有变成，或过去是人而现在已不是，或应该是人实际上不是人的一切东西，你就必须提高警惕，最好用眼睛盯住它，并伸手去拿你的小斧子。"

河狸先生语重心长地说完经验之后，又说道："正是因为这样，白女巫总是害怕纳尼亚会出现人类，她提防你们已有好几年了。如果她知道你们四个人都在这儿，她就会变得更加狠毒、更加丧心病狂的。"

"提防我们四个，更加狠毒、更加丧心病狂，这，这是怎么一回事？"彼得不解地问。

"这跟一个古老的预言有关，"河狸先生说，"在卡尔·帕拉维尔，也就是这条河口的海岸边的那座城堡，如果一切正常的话，它应该是我们国家的首都，那里有四个国王的宝座。不知从什么时候起，纳尼亚有这样一个传说，一旦两个亚当之子和两个夏娃之女坐上这四个王位，不仅白女巫的统治，而且连同她的生命都将一起完蛋。而你们四兄妹正好应验了这个数字，这就是刚才我们来的路上为什么要这样小心翼翼。如果让她知道你们来了这里，以她毒辣的手段，你们的命就没了……"

第十章　埃德蒙哪儿去了

　　河狸先生一直把他要说的话全部说完，大家听得聚精会神，小屋内一片寂静。

　　"哎呀，埃德蒙呢，他怎么不见了？"露西突然喊道。

　　大家你望我，我望你，可怕的沉默后，他们七嘴八舌地问："谁最后看见他的？他不见了有多长时间啦？他到屋外去了吗？"

　　大家马上冲到门外去看。外面大雪纷飞，一会儿工夫，大地就盖上了一条厚厚的雪毯，水潭浅绿色的冰面已经被一层厚厚的白色毛毯覆盖了，从堤坝中央的这座小房子看去，几乎看不到两边的河岸。他们在屋前屋后四处寻找，雪已经没了他们的膝盖。"埃德蒙！埃德蒙！"他们把嗓子都喊哑了。然而，静静飘落的大雪似乎淹没了他们的声音，他们没有听到一丝回音。

　　露西哭了起来，苏珊嘴里一直说着："太可怕了！啊，如果我们不到这儿来该有多好哇！"

　　"他跑哪儿去了？我们究竟怎么办哪，河狸先生？"彼得问。

　　"怎么办？"河狸先生说，他已经在穿他那双厚厚的雪地靴了，"怎么办？还能有什么办法，我们必须立即出发，一刻也不能停留！"

"河狸先生，我看，我们最好分成四个搜寻小组，"彼得说，"朝各个方向找一找，不管谁找到他，就立即回到这儿来，还有……"

"搜寻小组，"河狸先生问，"干什么？"

"当然是去找埃德蒙啊！"彼得对河狸先生的问话感到奇怪。

"还用找吗？没必要了。"河狸先生说。

"您这是什么意思？"苏珊说，"他不可能走太远。我们必须把他找回来。你说不用去找他，这话是什么意思？"

"这还不够明显吗？"河狸先生说，"因为我已经知道他去哪儿了！"

"这怎么可能，他又没告诉我们。"露西说。

苏珊接着说："是呀，河狸先生，这是怎么回事？"彼得也用狐疑的眼光盯着河狸。

"你们难道还不明白吗？"河狸先生接下来说，"他到白女巫那儿去了，他已经背叛了我们。"

"怎么会呢？不可能！"苏珊说，"他不可能干出这种事来，我不相信！"

"他真的不会吗？"河狸先生紧盯着三个孩子问。

三个孩子都不吱声了。他们相信河狸先生不会胡乱冤枉人的，他们明白埃德蒙肯定已经干了那样的事了。

"就算是，但他怎么能找得到白女巫呢？"彼得说。

"他之前一定来过我们国家，"河狸先生说，"我相信他们一定

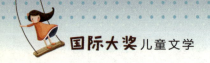

接触过。"

"来过。"露西用几乎耳语般的声音说，"恐怕他之前是来过的。"

"他有没有告诉你们他做了些什么，遇见了谁？"

"嗯……没有，但是他骗我们说他没来过。"彼得说。

"这就对了，"河狸先生说，"他见过白女巫了，他已经是她那一伙的了，他知道她住在哪儿。我起先观察他，有点儿怀疑他不可靠，他脸上始终有一种特别的表情，只有和白女巫在一起、吃过她东西的人脸上才有这种表情。但我一直没有说，因为他是你们的兄弟，我没往坏处想。"

"不管怎样，"彼得抽噎着说，"我们一起来的，不能丢下他不管，他到底是我们的兄弟，即使他变坏，也是因为他太小，禁不住白女巫的诱惑，我们得帮他。"

"到白女巫住的地方去找他？"河狸太太说，"你们难道还不明白你们的处境吗？你们现在去等于自投罗网。只有避免和白女巫接触，你们才安全，懂吗？"

"这到底是什么意思？"露西说。

"哎呀，她一心想的就是要把你们四人一网打尽，刚才你河狸大叔不是告诉你们古老的预言了吗？她害怕你们继承了卡尔·帕拉维尔的四个王位，那她就会完蛋。你们四个人到她那儿，不是羊入虎口吗？到时候你们还来不及开口，就已成了四座新的石头雕像。"

"那埃德蒙不是要变成，变成……"苏珊说不下去了。

河狸太太说："不会的，你们的兄弟暂时不会有危险的。现在她只抓住了一个人，就会让他活着，因为她要把他作为诱饵，用来引诱你们其余的人上钩。"

"啊，难道就没有人能帮助我们了吗？"露西直接大声哭了起来。

"只有阿斯兰，"河狸先生说，"我们一定要去见他，这是我们眼下唯一的办法。"

"孩子们，据我看来，"河狸太太沉稳地说，"大家别慌，我们回想一下，埃德蒙是什么时候溜走的。我们来看看他听到了多少消息去告诉白女巫，我们也好做安排。关键的问题就是：我们谈论阿斯兰的时候，他在不在？"

"我想一想，我们谈论阿斯兰时他好像不在这儿了……"彼得说。

"不，他在的，"露西很难过地说，"我清楚地记得，就是他打听白女巫能不能将阿斯兰也变成石头的。"

"不错，正是他，"彼得说，"他就是喜欢问这一类的问题。"

"糟糕透了，糟糕透了，"河狸先生说，"那么最要命的问题是，当我告诉你们在石桌会见阿斯兰时，他还在这儿吗？"

一片沉默，实在没人能回答这个问题。

"唉，如果他那时也在的话，"河狸先生继续说道，"那么，白女巫知道了这一情况，就会驾着雪橇直奔石桌，插到我们和石桌中间，在半路上堵截我们。这样，我们和阿斯兰的联系就会被截断，我们的计划就会落空，我们的命就全完了。"

河狸先生也被这突如其来的变故吓得都有点儿把持不住了。

"但是这还不是她首先要干的事，"河狸太太显然更沉着些，她说，"在我看来，她不会那样干。如果埃德蒙告诉了她我们都在这

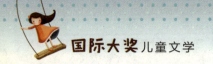

儿，她今晚就会到这儿来抓我们。假如埃德蒙是半小时以前溜走的，再过二十分钟，她就会赶到我们这儿来。"

"你说得对，太太，"河狸先生显然受了太太的影响，果断地做出决定，"我们必须马上出发，一刻也不能耽搁！

群内回复"惜城灵魂出窍记"，
可获取伍美珍《同桌冤家的快乐冒险系列：惜城灵魂出窍记》音频资源。

第十一章　可怕的背叛

埃德蒙真的去了白女巫那儿吗？他真的会背叛自己的亲人吗？其实在往河狸先生家去的路上，他就注意到大约一英里远的地方还有一条小河，它是从另外一个小山谷里流出来的，隐约可以看见那边还有两座小山。埃德蒙想，白女巫的宫殿一定在那里。于是一个可怕的想法冒了出来。当他听到大家要在石桌与阿斯兰见面后，他开始行动了。

其实埃德蒙并没有坏到要让白女巫把他的兄弟姐妹变成石头的地步，他只是想吃土耳其软糖，想当王子，也想报复骂他"小坏蛋"的彼得。

埃德蒙不希望白女巫对他们同对他一样好，可他也并不认为白女巫会对他们坏到什么程度。他试着在心里说服自己："所有说白女巫坏话的人都是她的仇敌，他们的话肯定有几分是不能相信的。不管怎么说，她对我倒是挺好的，比他们对我要好多了。她一定是个真正的、合法的女王。无论如何，至少总比可恶的阿斯兰要好吧！"只是这些理由听起来竟连他自己也不完全相信，因为在他内心深处，他也

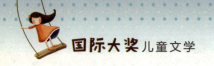

认为白女巫又凶狠又残忍。

埃德蒙走出房间后，看到外面正在下雪，才想起他把大衣忘在河狸夫妇家里了。可时间已经临近傍晚了，他得趁天黑之前赶到白女巫家里。

想到这儿，他竖起衣领，拖着脚步，在风雪中歪歪倒倒地穿过堤坝，向远处河边走去。走了不久，天就一点儿一点儿变黑了，加上雪花漫天飞舞，他连三英尺以外都看不清。跌跌撞撞中，他不是滑到深深的雪堆里，就是滚到结了冰的水潭里，或是绊倒在倒下的树干上，有时甚至从陡峭的河岸上滑下去，小腿都被锋利的石块擦破了皮，弄得浑身又湿又冷，跌得满身伤痕。他就这样一个人孤独地走着，任狂风暴雪无情地吞噬着自己瘦弱的身躯。

原以为他会坚持不下去，重新回到河狸先生那儿，主动向大家认错。没想到他居然会对自己说："等我当上纳尼亚国王，第一件事就是要把这条路修好。"这样的想法让他幻想起自己当国王的情形，甚至开始思考今后要造什么样的王宫，有多少汽车，铁路修到什么地方，更主要的是得制定专门的法律以限制河狸和堤坝，最后在这些法律中特别加上一笔——不允许彼得随意乱说。虽然是些不切实际的空想，但这些想法却大大鼓舞了他。

他就这样边走边想，一直走到雪停了下来。接着风起云散，圆圆的月亮居然出来了，皎洁的月光照得原野亮如白昼。幸好有月光，否则他根本找不到路。他走到小河边，然后转身沿着这条河往上游走。不过小河源头处的那个小山谷比他刚刚离开的那个山谷更陡峭，岩石更多，而且满地都是枝叶丛生的灌木，他不得不弯着腰从树枝下钻过去，大块大块的雪就都滑到他背上了。他每钻一次，就在心里埋怨彼得一次，好像这一切都是彼得的罪过。

最后他终于走到一块宽阔平坦的地方，在小河的另一边，一块小平原就夹在两座小山当中，白女巫的城堡骤然出现在眼前，冰冷的月光洒在一些尖顶的塔楼上，在雪地上拉出奇形怪状的影子。埃德蒙的心里泛起阵阵寒意，他开始感到害怕了，不过这会儿想回头也太迟了。

事到如今，他也只能硬着头皮走下去。他溜着冰小心翼翼地过了河，一直走到这幢房子的门前。他猛一抬头，却看到有一只大狮子蹲在那儿，好像随时准备跳起来似的。埃德蒙就站在门前，吓得心都要跳出来了，进也不是，退也不是。过了好长时间，他才发现那只狮子并不是盯着他看，而是盯着左前方的一个小矮人，而且他注意到，这么长时间里，狮子和小矮人一下都没有动过。他想到白女巫会把人变成石头的事，这才恍然大悟。

埃德蒙如释重负，虽然全身都湿透了，可突然从头到脚都觉得暖和多了。同时也浮现出一个似乎很可爱的想法：也许，这就是大家所说的伟大的狮王阿斯兰吧。他已经被女王抓住变成石头了。这下他们在他身上打的如意算盘也就落空了！哼！谁怕阿斯兰哪？"

他就这么站在那儿恶狠狠地盯着石狮子，还干了一件孩子气的蠢事。他从口袋里掏出一个铅笔头，在狮子的上唇上涂了两撇胡子，然后为它添了一副眼镜，幸灾乐祸地笑道："可笑的阿斯兰！你自以为很了不起吧？变成了石头还耍什么威风？"是的，尽管他在狮子的脸上乱涂，但这个大石兽看上去仍然很威严、高贵，目光仰望着星空。

戏耍了一会儿石狮子，埃德蒙掉转身，穿过院子走进去。院子中横七竖八地摆放着古怪的石像，数量多得惊人，就像是被扔了一地的

国际象棋。这些石像在明晃晃、冷冰冰的月光下栩栩如生，一动不动，让人心生恐惧。在院子正中央站着一个巨大的石人，有一棵树那么高，面相凶猛，长着蓬松的大胡子，肩上扛着根大棒。

这会儿他又瞧见院子那头入口处透出一点儿暗淡的光，有几级石阶通向一扇开着的门。埃德蒙迈上石阶，只见门槛上躺着一匹大豺狼。

"不用怕，不用怕，"他战战兢兢地自言自语，"那不过是石头。它不会伤害我的。"他抬起脚想跨过它。那匹巨兽立刻站起来，背上的毛根根竖起，张开血盆大嘴，咆哮道："谁？谁在那儿？不要动，再动就撕碎你，告诉我你是谁！"

"对……对不起，我是埃德蒙，"埃德蒙哆哆嗦嗦，都快说不出话了，"我和女王陛下前几天在森林里见过面，我到这儿来报信，我们兄妹现在都在纳尼亚——很近，就在河狸夫妇家。女王——说过想见见他们。"

"我会报告女王陛下的，"那匹狼说，"如果你还想要命的话，就站在门槛上别动。"

埃德蒙站在那儿等着，他的手指冻得生疼，心怦怦直跳。突然，那只灰狼毛格利——白女巫的秘密警察头子跳到他的身后，说道："进来吧！进来！幸好女王喜欢你，要不然你就没那么幸运了。"

埃德蒙小心翼翼地从他的身边走过，来到一间阴森恐怖的大厅，这里跟院子里一样，满是石像。离门最近的石像是一个半羊人，神情十分伤心，很像露西说的那个塔姆努斯。大厅里只点了一盏灯，白女巫就靠着灯坐着。

"陛下，我来了。"埃德蒙走上前谦卑地弯下了腰。

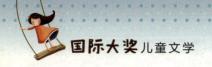

"你竟敢一个人来？"女巫厉声呵斥，"我不是要你们四个一起来的吗？"

"非……非常抱歉，陛下，"埃德蒙说，"我已尽了最大努力。我已把他们带到了附近，他们就在河上堤坝顶上那座小房子里——跟河狸先生、河狸太太在一起。"

白女巫脸上慢慢露出一丝阴冷的微笑。

"就这些？没有别的消息了吗？"

"不，陛下。"埃德蒙说，并把离开河狸夫妇家以前他听到的事全部告诉了白女巫。

"什么！阿斯兰！"女王叫道，"阿斯兰！这是真的吗？如果我发现你对我说谎……"

"请别见怪，我只是把听到的告诉您，是不是真的我也不知道。"埃德蒙结结巴巴地说。

不过白女巫已经不再注意他了，她拍了拍手。埃德蒙上回看见的跟着白女巫的那个小矮人又出现了。

"备好雪橇，"白女巫命令说，"不要装铃铛。"

第十二章　圣诞老人的礼物

这会儿，我必须再和大家说说河狸夫妇和那三个孩子。

河狸先生刚说完"一刻也不能耽搁"，大伙儿便手忙脚乱地穿上了外套准备出发，只有河狸太太不慌不忙地把一块火腿、一包茶叶、一些火柴、两三个面包和一些糖分别装进了几个袋子里。

"都什么时候了，还收拾这些？那个老妖婆随时都有可能出现在这里，河狸太太！"苏珊急得直跺脚。

"是的，她很快就会到这里的！"河狸先生也附和了一句。

"我们要想赶在她之前到达石桌那儿，就必须抓紧时间了！"彼得忍不住也催促起来。

"好了，好了，这就好了！"说话间，河狸太太麻利地将东西分成五份，分给了大家，"现在上路吧！"

"希望白女巫不要碰我的缝纫机，它可是我的老伙伴。"河狸太太不舍地看了一眼心爱的缝纫机。

雪已经停了，一轮皎洁的圆月挂在漆黑的夜空，周围嵌着许多晶莹的星星，在白皑皑的大地上洒下银色的光辉。他们排成一列，在河狸先生的带领下穿过堤坝，走到河的右岸，然后走到河岸下面树丛里一条崎岖不平的小路上。

多美的雪景啊，此刻要是坐在家里靠窗的躺椅上向外眺望，该是多么惬意！虽然现在情况紧急，但露西仍兴奋不已，她东瞧瞧、西看看，仿佛是在进行一场奇妙的夜游。

就这样走哇走，走哇走，露西开始觉得肩上的袋子越来越重，有那么一刻，她甚至怀疑自己快要坚持不下去了。树上的积雪、明亮的月色和天空中的星星在露西的眼里越来越模糊，最后只看到河狸先生的小短腿一前一后不停地迈着步，露西昏昏沉沉的，闭着眼习惯性地迈着双腿跟在后面。

"好了，我们暂时在这里休息一下。"河狸先生走到一个几乎被灌木丛全部遮住的洞前，指着洞口说。

还没等露西完全明白发生了什么，就只看得见他露在外面的扁扁的短尾巴了。露西赶紧弯下腰跟着他钻了进去，其余人也急匆匆地喘着气跟着，不一会儿，他们五个都进了洞。

"这到底是——哪儿——啊？"黑暗中彼得打着哈欠，拖长了声调无力地说。

"这是我们河狸家族一个古老的藏身所，"河狸先生小声说，"这里没有几个人知道。地方虽不怎么样，但我们一定得睡上几小时。"

这个洞太小了，刚刚容得下他们，不过真是拥挤得厉害，大伙就像是一堆衣服被使劲地塞在一个小箱子里一样。因为走得太久，大家都很累，加上长途跋涉身上也暖和了，挤在一起的感觉还是相当不错的，于是大家立刻就睡着了。

不知过了几个小时，一束冰冷的阳光从洞口射了进来。睡梦中，露西隐隐约约听到了一串"叮叮当当"的声音，不仅是她，事实上大家都听见了。他们像弹簧一样弹了起来，睁大了眼睛，张大了嘴巴，竖着耳朵仔细听着外面的动静。

还没等大家明白是怎么回事，河狸先生就已钻出了洞。可能你会和露西当时所想的那样，觉得他这么做实在是太冒险了。但事实上，这倒是挺聪明的，因为这个洞在山坡顶上，洞口被密密麻麻的灌木丛遮掩着，更主要的是他想看看女巫的雪橇往哪条路走。

"叮叮当当"的声音越来越近，这太可怕了！那个老妖婆这么快就追了过来！他们屏住呼吸，大气都不敢出一下，就这样他们大约等了足足五分钟，可洞外一点儿动静都没有。

"不是她！原来是他！"河狸先生激动得语无伦次，"出来吧，亲爱的。出来吧，孩子们。没事儿，原来不是她！"

在满腹狐疑中，河狸太太和孩子们战战兢兢地钻了出来。此刻让我们仔细打量一下这群可怜的人，他们灰头土脸，头发乱糟糟的，脸上流露出惊惶不安的神情。

"快看！"河狸先生又蹦又跳，站在坡顶指着远处，"快来看哪，冬天要过去了，圣诞老人又回来了，白女巫的魔咒失灵了，她的统治时代要结束了！"于是他们全都站在山坡顶上，顺着河狸先生所指的地方放眼望去。

远处，九只棕色驯鹿拉着一架雪橇，挽具上挂满铃铛，一路"叮叮当当"欢快地朝这边奔过来。雪橇上坐着的正是圣诞老人，他身材魁梧高大，憨态可掬，头戴尖顶红帽，雪白的大胡子垂在胸前，身着大红棉袍，脚蹬红皮棉靴，背着一个大大的礼物袋。还没等大伙反应

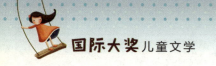

过来，他就已来到了大家的面前。

"我终于回来了，"他的声音洪亮，透着兴奋，"当初可恶的白女巫把我赶走，让这里变成无尽的冬天。但现在我又回来了，我要告诉大家，阿斯兰正在行动，可恶的魔咒快要失灵了。"

听到这个令人振奋的好消息，大家立刻欢呼雀跃起来，一路小跑簇拥到圣诞老人的身旁。

"好了，"圣诞老人说，"来领你们的礼物吧。河狸太太，给你一台更好的新缝纫机，我路过你们家时会把缝纫机送去的。至于河狸先生，等你再回到家，就会看到你的堤坝已经修好了，所有裂缝都不漏水了，还配上了一道新的水闸门。"

河狸先生高兴得嘴巴张得老大，两颗大门牙全露了出来，什么话也说不出来，两只小眼睛兴奋地盯着圣诞老人。

"彼得，亚当之子，来看看你的礼物，"圣诞老人神情庄重，仿佛在进行一种神秘的仪式，"这些是你的装备，不是玩具，不久它们将会派上大用场。"说着他递给彼得一把剑和一面盾。盾面银光闪闪，正中有一只威武雄壮的雄狮，怒目圆睁，猩红的舌头让人不寒而栗。剑柄是金铸的，还配有剑鞘和佩剑用的腰带，以及一切用剑必备的东西，而且剑的尺寸和重量对彼得也正合适。

彼得默默走上前去，伸出双手捧过这些礼物，神情严肃，因为他觉得这是一份十分庄严的礼物。

"苏珊，夏娃之女，"圣诞老人说，"这些是给你的。"他递给她一张弓、一只装满箭的箭袋和一只小小的象牙号角。

"只有在非常危急的情况下，你才能使用这弓箭，"他说，"这弓箭百发百中。这只号角嘛，只要一吹响，不管你在哪儿，都会得到帮助。"

最后他才说，"小露西，可爱的夏娃之女，你过来。"露西走上前去。他给了她一只小瓶子和一把小匕首。

"这个瓶子里，"他说，"装着一种神奇的药水，是用长在太阳之山上的火焰花的汁液提炼的。如果你或是你哪个朋友受了伤，滴上几滴就能治好。这把匕首是给你在紧急时自卫的。"

"怎么，先生，"露西鼓起勇气说出了自己的心里话，"我想——我不知道——难道我不用战斗吗？我想，我会足够勇敢的。"

"不是那个意思，"圣诞老人说，"打仗会让女人变丑的。"

说到这儿，他的语气又恢复了往日的和蔼和俏皮，这让苏珊和露西感觉特别舒服，心里也没有刚开始那么紧张了。

"还有一些东西是眼下大家迫切需要的！"说着他从背后的大口袋里拿出一只大托盘，上面有五套杯碟，一钵方糖，一罐奶油，一只咝咝直响的滚烫的大茶壶。接着他叫道："圣诞快乐！真命国王万岁！"说着一扬鞭子，还没等大家看清，他已经驾着驯鹿拉的雪橇消失在茫茫的雪原上了。

第十三章　白女巫的疯狂追踪

当露西他们在坡地上尽情享用美味的咖啡、面包时，他们的兄弟埃德蒙就没有这么幸运了，他经历了一生最失望的时刻，也为自己的背叛付出了惨重的代价。

原本他以为自己会得到白女巫的盛情款待，就像上次见面时那样，有许多土耳其软糖吃，并且当上王子。可一直等到准备出发，白女巫也只字未提，仿佛从未说过一样。

"也许她只是暂时忘记了，也许是事情太紧急了，也许……"可土耳其软糖的诱惑实在是太大了，于是埃德蒙鼓起勇气说："请别见怪，陛下，能再给我一些土耳其软糖吗？上次您，您，您不是说过……"

"闭嘴，混蛋！"没等他把话说完，白女巫就打断了他。后来她又像改变了主意，自言自语地说，"让这个小混蛋昏倒在路上总是不行的。"于是她拍了拍手掌，一个小矮人出现了，她吩咐他拿些吃的给埃德蒙。

"'小王子'的'土耳其软糖'来了。哈哈哈！"没多久，小矮人把一小块干面包扔在埃德蒙身边的地板上，还不怀好意地笑了几声，那副神情实在令人厌恶。

"拿开它，"埃德蒙生气地说，"我才不要这东西。"

谁知白女巫突然面目狰狞地死死盯着他，脸上的表情可怕极了，凶巴巴地说："在你再吃到东西之前，有这个吃你该高兴。"吓得他赶紧捡起地板上的那块干面包啃了起来，可是面包太干，他简直咽不下去。

他还在那儿咬啊嚼的，另一个小矮人已将雪橇准备好了。白女巫站起身走了出去，命令埃德蒙跟她一起走。临行前白女巫吩咐毛格利带几匹狼追杀河狸夫妇和其余的三兄妹，她自己则和埃德蒙坐在雪橇上，让一个小矮人赶着驯鹿，一路向西驶进了冰天雪地里，直奔石桌而去。

对埃德蒙来说，这可真是一次悲惨的旅程！从河狸先生家出来时忘记了拿大衣，现在他可尝足了苦头，冷风裹着冰雪一阵阵地打在他的脸上，落在他的身上，像锥子似的直刺进骨头里。刚开始他还不停地掸着面前的积雪，可刚掸掉就又积起一堆来，不一会儿就浑身湿透了。他又累又饿，瑟瑟发抖地蜷缩在雪橇上，有几次甚至感觉都快要死了。

"不如死了算了，真是可笑，什么王子呀、土耳其软糖啊……全是谎话！我竟然相信她是好人，和她站在一边，我真是太愚蠢了！"埃德蒙懊悔万分，他多么希望这是一场噩梦，他愿意放弃一切，这会儿就去找大家——甚至彼得！

但是他的噩梦远远没有结束，他们走哇走哇，过了一个小时又一个小时。终于雪停了，天也亮了，雪橇仍在飞驰，丝毫没有停下来的

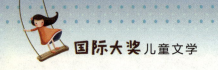

意思。埃德蒙多么希望白女巫开口说说吃早饭的事！

突然，白女巫指着不远处的一棵树说："前面是怎么回事？快停下！"

因为速度太快，他们的雪橇一直冲到树前才停下，差点儿撞上了正围着石桌享用早餐的一伙。刚刚还欢天喜地的松鼠夫妇和他们的孩子，还有两个森林神，一个小矮人，一只老雄狐，此刻也发现了雪橇上坐着的白女巫，大家脸上的欢乐神情瞬间消失了，空气一下凝固了。松鼠爸爸叉着葡萄干布丁的银叉子举到嘴边，停在半空，还有一个森林神嘴里含着叉子僵在那里，松鼠宝宝吓得吱吱叫。

"你们这样大吃大喝，是谁的主意？这些东西究竟从哪儿弄来的？"白女巫问道。

没人敢回答。

"快说，混蛋，"她恐吓道，"是不是用鞭子才能叫你们开口哇？这么大吃大喝，这么浪费，这么放纵，究竟是什么意思？快告诉我这些东西是从哪里来的。"

"您别见怪，女王陛下，"狐狸说，"这些都是圣诞老人给我们的。请恕我冒昧，让我为陛下的健康干杯——"

"你再说一遍，这些东西是谁给你们的？"白女巫感到很意外。

"圣诞老……老……老人。"狐狸结结巴巴地说。

"什么？"白女巫吼道，她从雪橇上一跃而下，向他们逼近了几步，"他没到这儿来过，他绝不可能到这儿来！你们竟敢——可是，不，如果你们承认是在说谎，那么我就可以宽恕你们。"

"他来过了——他真的来过了——他来过了！"一只小松鼠竟然完全昏了头。

　　话音刚落，埃德蒙就看见白女巫咬牙切齿，并高高举起了她的魔杖。

　　"哦，不，不，请不要。"埃德蒙叫道。但就在他大声喊叫时，白女巫已经挥动了魔杖，刚才还欢天喜地的一伙，立刻都变成了一个个石像，他们围坐在一张石桌前，桌上是石盘子和石头的葡萄干布丁。

　　想到这些小小的石像将永远待在这里，日复一日，年复一年，直到身上长满苔藓，风吹日晒，最后风化成一堆碎石子。"他们太可怜了！"埃德蒙有生以来第一次为别人难过起来，可没容他多想，白女巫一记响亮的耳光已经打在了他脸上，说道："这就是你替奸细和叛徒求情的教训，上路！"

　　就这样，他们又开始一路狂奔起来。不久埃德蒙就注意到雪橇冲过去时溅起的雪比昨晚湿多了，同时他也感觉不是那么冷了。天色也变得雾蒙蒙的。实际上，每一分钟雾气都在变浓，气温都在变暖。雪橇跑得不像之前那么欢畅了。起初他以为是因为驯鹿累了，但很快发现这不可能是真正的原因。雪橇颠簸得厉害，不住地打滑、摇晃，似乎撞在石头上了。尽管小矮人狠命鞭打可怜的驯鹿，但雪橇还是越来越慢，最后竟陷在泥泞不堪的雪地里。

　　没有了雪橇行驶和颠簸的声音，也没有了小矮人吆喝驯鹿的声音，四周一下子安静下来。埃德蒙居然听到了一种既奇特又美妙的沙沙声、水流的潺潺声，循着声音望去，他看到离他们稍近的树枝都在滴滴答答地滴着水。埃德蒙的心一下子欢跳起来，他意识到严寒终于要过去了。随后，他又看见一大块积雪从树上滑落下来，露出了深绿色的枝叶。这是他进入冰天雪地的纳尼亚以来第一次看见绿色。

但没等他细看，白女巫便开始发话："别傻坐在那儿干瞪眼，混蛋！下去拖雪橇。"

埃德蒙麻木地跳了下来，和小矮人一起把雪橇从泥泞的雪水中拖出来，然后他们再次上路了。不过也只是走了一小段，雪橇又停下了。这会儿雪真的完全融化了，一小片一小片的绿草地从雪地里冒了出来。除非你也像埃德蒙那样长时间地看着一片黑白天地，否则很难想象当他看到这一片片绿地时，心情有多么欣慰。

"实在是没法行驶呀，陛下，"小矮人说，"地上的雪已经全都融化了。"

"那我们就步行，总之得快点儿。"白女巫说。

"那样我们永远也赶不上他们，"小矮人咕哝道，"他们走得早。"

"你这不要命的矮鬼！"白女巫恼羞成怒，"照我说的办，用绳子把这个人绑了牵着走，记住带上你的鞭子。"

没错，这个人指的正是埃德蒙。小矮人唯唯诺诺地跳下了雪橇，用绳子将埃德蒙的双手反绑，又继续赶起路来。

埃德蒙被小矮人像头牲畜一样牵着，深一脚、浅一脚地走着，他不断滑倒在雪水中、泥浆里和湿草地上。每当他一滑倒，小矮人就骂他，有时还给他一鞭子。白女巫跟在后面，嘴里不停地说："快点儿！快点儿！"

就在他们绕过一个拐角，来到一片银白色的白桦树林中的空地上时，埃德蒙惊奇地看到之前满眼的白雪早已消失不见，四周春意盎然，随处可见深绿的冷杉树，空地上开满了各色不知名的小花，金色的阳光洒在地上，一阵微风吹过，摇曳的花朵上的露珠纷纷洒落，空

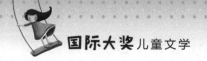

气中弥漫着清凉、美妙的香味。不远处，一只鸟突然在树枝上叽叽叫了起来，紧接着，四面八方也都响起了叽叽喳喳的鸟叫声。

"这不仅仅是融雪，"小矮人说着突然停下，"这是春天。我们该怎么办？说真的，您的冬天已经被赶跑了。这是阿斯兰干的。"

"如果再有谁胆敢提起那个名字，"白女巫挥了挥手中的魔杖，气急败坏地尖叫起来，"我就叫他立刻去死！"

第十四章 同阿斯兰一起并肩战斗

白女巫和小矮人说这番话时，几英里之外的河狸夫妇和孩子们正在不停地走啊走，慢慢地，他们恍如进入了一个美妙的梦境。

他们早就把皮衣脱下了，他们边走边看，刚开始时还会停下来，对另一个说"瞧，有只翠鸟"或"看，风信子"，另一个也会好奇地问"那股可爱的香味是什么？"后来只是默默走着，从暖和的太阳光中走进阴凉、碧绿的灌木丛，从宽阔、长满苔藓的林间空地，经过那些宛如绿色巨伞的大榆树旁，走进一片五彩斑斓的花海，置身其中，深深陶醉在大自然的美景中。

他们看见冬天在眼前消失了，整个森林在几小时内就从冰天雪地的严冬跳到繁花似锦的春天了。他们不敢断定，是不是阿斯兰来了，才发生了这样的奇迹。但他们心里都明白，纳尼亚之所以变成冬天完全是白女巫在作祟，现在它又变回了这美妙的春天，肯定是她的魔法出了什么问题。他们看到冰雪融化，想到白女巫的雪橇一定也不怎么好用了，也就不再匆匆忙忙地赶路，有时还停下来休息休息。走到现在，他们的身体当然是非常疲惫的，苏珊一只脚的脚后跟还磨起了一个小水泡。不过想到马上就要到达目的地了，他们的内心还是非常平静的，就像是一个在外长途跋涉的游子想到前方不远处就是自己朝思暮想的家园一样。

这会儿太阳已经快下山了，它藏起耀眼的光芒，红着脸躲在云朵的后面，这几位旅客的影子被越拉越长。

"前面不远就到了。"说着河狸先生开始带领他们上山。他们穿过一段深深的、松软的青苔，穿行在稀稀拉拉的大树之间。经过一天马不停蹄的长途跋涉，大家都已经累得喘不过气来了。当露西在心里怀疑自己是否还能爬到山顶时，他们就到了。

山顶上是一片绿草如茵的空地，俯瞰四周，满眼尽是绵延不绝的森林。向东望去，是无边无垠的大海。空地的正中，有一张用四根笔直的石柱撑起的石桌，桌面是很大很亮的灰色石板。石桌的样子很古怪，看上去年代久远，上面刻满了奇怪的线条和符号，感觉是一种未知的文字，或者是一种古老的咒语。当你看到这些稀奇古怪的符号时，能感觉到自己被某种神秘的力量牵引着。

距石桌不远处，竖着一个杏黄色的大帐篷。帐篷很气派，尤其是现在，在落日余晖的照映下闪闪发光。帐篷顶上插着一面硕大的红旗，上面绣着一只腾跃的金色狮子。一阵微风吹来，旗子迎风飘扬，这狮子也一蹿一跳的，像活的一样。

他们正看得出神，只听见右面传来一阵乐声，便不由得向那边转过身去，阿斯兰就站在一群生物中间，他们千里迢迢就是来找他的！这群奇怪的生物围着狮王形成一个月牙形。他们中有树仙女和水仙女（在我们的世界通常被称作树神和水神），她们都拿着乐器，这美妙动听的音乐就是她们演奏的。还有四头体形魁梧的马人，他们的下半身像英国农场里的骏马，上半身则和俊美刚毅的巨人没有什么两样。当然还有独角兽、人首公牛、猎鹰、牧羊犬等。阿斯兰身边站着两只豹子，一只拿着他的王冠，另一只举着他的令旗。

孩子们想看清阿斯兰的脸，可当他们把目光从金色的鬃毛移下来，和那高贵、伟大、忠诚的眼神一接触，整个人就被震慑住了，再也不敢看下去了，不晓得说什么做什么才好，身体也发起抖来。

"快去。"河狸先生低声说。

"哦，"彼得小声说，"你先走。"

"不，亚当之子得走在动物前面。"河狸先生又低声回了他一句。

"苏珊，"彼得转过脸，"怎么样啊？女士先走嘛。"

"不，你是大哥。你带头吧！"苏珊仍然未动。

这下彼得只得抽出剑来，举剑行礼，带头向狮王走去，恭敬地说："我们来了——阿斯兰。"

"欢迎你，彼得，亚当之子，"阿斯兰说，"欢迎你们，苏珊和露西，夏娃之女。欢迎你们，河狸先生和河狸太太。"

他的声音低沉而深厚，令他们紧张不安的情绪一扫而光。孩子们先前那种坐也不是、站也不是的感觉全没有了，显得十分愉快和自然。

"还有一个去了哪儿？"阿斯兰问。

"他被白女巫收买了，哦，阿斯兰。"河狸先生说。

对于埃德蒙的叛变，大家都有话想说。

彼得觉得自己多少有点责任，脱口而出："这事也怪我，阿斯兰。我骂了他几句，反而促使他变坏了。"

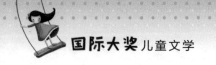

阿斯兰没有吭声，既没说原谅彼得，也没责怪他，只是站在那儿，金色的大眼睛直望着他。仿佛是在说："事到如今，说什么都于事无补了。"

"嗯，嗯，阿斯兰，"露西壮着胆子问，"我们应该怎样救埃德蒙呢？"

"尽一切努力，"阿斯兰说，"也许会比你们想象的要艰难。"说完他又沉默不语了，高贵、刚毅、宁静的脸看上却隐约出现了一丝愁容。

不过这种神情一会儿就过去了。狮王摆摆他的鬃毛，拍拍前爪说道："趁这时候，快把宴席备好，各位女士，请把苏珊和露西带到帐篷里去，好好款待她们。"

接着他又转头对彼得说道："来吧，彼得，我带你去看一座城堡的远景，将来你将成为那里的国王。"

彼得仍然一手握剑，跟着狮王一起来到山顶的东边。

"彼得，"阿斯兰指着远方矗立在入海口处一座山上的城堡，顿了顿，说，"那儿就是你未来的城堡卡尔·帕拉维尔，那里有四个宝座。因为你是长兄，你会坐在其中最独特的一个上，成为至高无上的王中之王！"

彼得又一次沉默不语，仿佛在思考着什么。这时一种奇怪的声音突然打破了沉寂，把彼得从幻想中拉了回来。这声音像是用军号吹出来的，不过声音更有意义，仿佛在传达什么信息。

"你妹妹在吹号。"阿斯兰低声对彼得说。他的声音太低了，简直像在呼噜呼噜叫，但认为狮子呼噜呼噜叫是不敬的。

彼得还未明白过来，就看见所有的动物都拥上前来，还听到阿斯

兰挥舞着爪子说："退下！让你们未来的国王立个头功吧。"彼得这才明白过来，于是他拼命地奔向帐篷。在那儿，他看见了一幕可怕的情景。

水仙女和树仙女正四下奔逃。露西脸色惨白，三步并作两步地朝他惊恐地跑来。紧接着他又见苏珊冲到一棵树下，纵身爬了上去，后面有一匹灰色的狼追了过去。那匹狼体形巨大，他用后腿站立，前爪扑在树干上，龇牙咧嘴，大声咆哮，背上的毛根根直立。苏珊的上面有两根大树枝，苏珊使出了吃奶的劲儿也只攀到了第一根上，不过还有一条腿悬在半空，有几次都差点儿被咬到了。

彼得并不觉得自己有多勇敢，而且这种突发情况让他紧张得想要呕吐，可是来不及考虑什么了。他径直冲向那头恶兽，朝着他肋间猛刺一剑，不过这一下被那匹狼闪电般地躲让开来。他转过身来，眼露凶光，嘴似血盆，冲着彼得狂嗥一阵。要是他不是这样，而是扑过来咬住彼得的喉咙，那么彼得就死定了。说时迟，那时快，彼得一弯腰，瞅准恶兽前腿之间，使尽浑身力气刺了进去，整个人也和这畜生缠在一起。他用力拖呀，拉呀，那匹狼半死不活地垂死挣扎着，重重地把他压在身下。又过了一会儿，他才发现那畜生已经死了。他掀开尸体，翻身爬起来拔出剑，摇摇晃晃地站着擦去满头满脸的汗。

看到彼得还活着，苏珊、露西一起扑了上来，三个人又是亲吻又是哭泣。

"快！快！"阿斯兰大声喊叫道，"马人！雄鹰！还有一匹狼从你们背后的灌木丛那里逃跑了，它要到白女巫那儿去了。快点儿跟上他，这正是你们找到白女巫并救出埃德蒙的好机会。"

话音刚落，顿时响起一阵雷鸣般的马蹄声和翅膀的扑棱声，约有十几只动作最迅速的动物消失在暮色中。

彼得还没喘过气来，转过身，看见阿斯兰就在他身边。

"你忘了把剑擦干净。"阿斯兰说。

彼得这才注意到那把光亮的剑已经被狼毛和血玷污了，不由得涨红了脸。他弯下腰，在草地上把剑擦干净，又在自己的衣服上把剑抹干净。

"把剑递给我，跪下，彼得。"阿斯兰说。

彼得遵命跪下以后，阿斯兰用剑轻拍了他一下，说道："起来吧，彼得，你现在是勇敢的爵士，豺狼的克星！"

第十五章　埃德蒙得救了

　　埃德蒙被白女巫逼着在前面走，越走越远，终于在一个覆盖着冷杉和紫杉的幽暗的山谷里停了下来。他累坏了，这么远的路没有哪一个小孩能走下来。他扑倒在地上，累得都懒得去想这样做会有什么可怕的后果。

　　白女巫和小矮人就在他身边低声说着话。

　　"女王啊，"小矮人说，"毛格利队长现在还没回来，很可能那三个孩子已经赶到石桌了，我们快要完了。"

　　"你个矮蠢货，"白女巫说，"即使他们到了那儿，卡尔·帕拉维尔有四个宝座，如果只有三个人坐，那预言就实现不了。"

　　"可是他也来了，我们斗不过他的！"小矮人说。即使事到如今，他仍然不敢在女主人面前提阿斯兰的名字。

　　"也许他在这里的时间不会太长。那时——我们再抓其余三个。"

　　"我看还是先留着这一个，"小矮人说到这儿，踢了埃德蒙一下，"好和他们谈条件。"

"蠢货！留着好让他们来救是吗？"白女巫不屑一顾地说。

"那么，"小矮人说，"我们现在就结果了他。"

"这种事最好在石桌上做，"白女巫说，"那儿是最合适的地方。以前做这种事总在那儿。"

"快逃！快逃！我看见他们了。他们全在石桌那儿，跟他在一起。他们把我的队长杀了。我躲在灌木丛里全看见了。是一个亚当之子杀的。"一匹狼气喘吁吁地窜到他们面前。

"怕什么？"白女巫说，"你这个没用的东西，用不着逃。你快去召集我们的人马，尽快赶到这儿来跟我会合，准备战斗。到时看我怎么用魔杖把他们全都变成石头！快去，我还有点儿小事要做。"

那头巨兽鞠个躬，转过身就一溜烟儿走了。

"好了！"她说，"我们没桌子——让我想想。我们最好把他绑在树上。"

埃德蒙只觉得自己被粗暴地拉了起来。接着小矮人让他背靠着一棵树，把他紧紧绑上。他看见白女巫脱下了外面的披风，露出里面两条光胳膊，白得吓人。因为胳膊那么白，在漆黑的树下，这个山谷里又那么黑，他没法看见另外的东西。

"把祭品准备好。"白女巫说。小矮人解开埃德蒙的领子，把领口往里折，露出脖子。又扯着埃德蒙的头发，把他的头往后拽，使他只好抬起下巴。随后一阵"嚓——嚓——嚓"的怪声传了过来，他们磨刀了！

虽然这个结果埃德蒙早就料想到了，可他毕竟是个孩子，全身的血液一下子涌到头上，脑子一片空白，像无助的羔羊一样只能任人

宰割。

就在这千钧一发之际，他忽然听到擂鼓似的马蹄声，还有"扑棱""扑棱"扇动翅膀的声音，这些声音在他的周围乱成一团。混乱中只听到白女巫尖叫了一声，接着便有人解开了捆在他身上的绳子，有几条有力的胳膊搀扶着他，耳边响起了一个和蔼的声音："我们是阿斯兰派来救你的，躺下休息一会儿，你没事了。"

随后他又听见有人在他周围交谈起来。接着他又听见好多声音，他们不是在对他说话，是相互间在说话。他们说什么"你抓到白女巫了吗？""我在追小矮人，我以为你抓到她了呢。""你的意思是说她逃走了吗？""那是什么？哦，可惜，那只是一截老树桩！"不过听到这儿，埃德蒙就再也支撑不下去了，再次晕了过去。于是那些马人、独角兽、鹿和鸟就带着埃德蒙一起回石桌那儿去了。

要说白女巫也真是狡猾，刚刚提到的那截老树桩和边上的石块正是女巫和小矮人。就在她杀埃德蒙的刀被打下来的那一刹那，她就不慌不忙地施出了变形术，从而逃过了一劫。

第二天早上，彼得他们醒来之后，就听到河狸太太对他们说："埃德蒙昨晚已经被救回来了，现在正和阿斯兰在一起呢。"他们赶紧冲出帐篷去找埃德蒙。他们看到阿斯兰和埃德蒙正在挂满露珠的草地上一起散步，阿斯兰仿佛在和埃德蒙说些什么。因为没有听到他们谈话的内容，所以我也无法告诉你们，不过埃德蒙终生都忘不了那一次交谈。

看到三个孩子过来，阿斯兰转过身说："你们的兄弟总算被救回来了，你们大家谈谈吧，但是过去的事就让它过去吧。"

埃德蒙跟着跑过来逐一和大家拥抱，挨个儿说"对不起"，大家也都说了声"没关系"。彼得他们也想说些安慰他的话，告诉他大家仍然爱他，他还是他们的兄弟。可又感觉说这些反而会让他难堪，于是谁也想不出说什么才好，只好呆呆地站在那里。

不过他们还没来得及感到尴尬，就有一只豹子来到阿斯兰跟前，恰好替他们解了围。豹子说："陛下，白女巫派来了一个信使，说想同您会谈。"

"带她进来。"阿斯兰说。

几分钟以后，白女巫本人走上小山顶，径直地走到阿斯兰面前。彼得、苏珊和露西以前都没见过她，他们一看到她那张脸，就全身打起寒战来，在场的所有动物也都低声咆哮起来。虽然这时阳光明媚，可每个人都突然感到一阵寒意。只有阿斯兰和白女巫两个看起来仍然从容自若，他们两张脸凑得这么近，一个脸色金黄，一个面容惨白，看起来怪怪的。不过白女巫并不敢正视阿斯兰的眼睛，河狸太太特别留心到这一点。

"你们这里有一个叛徒，阿斯兰。"白女巫说。

"可是，"阿斯兰说，"他并没有侵犯你。"

"难道你忘了那古老的法则吗？"白女巫问道。

"就算我忘记了好了，"阿斯兰庄重地回答说，"你说给我听听。"

"说给你听？"白女巫的声音突然变得严厉起来，"让我告诉你身边那张石桌上写了些什么？哼，别装了！你当然知道海外大帝在创造纳尼亚时定下来的古老法则。你也知道每个叛徒都归我，都是我合法的战利品，我有权杀了他。如果我得不到他的血，整个纳尼亚都将

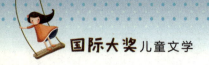
在烈火洪水中毁灭！"

"哦，"河狸先生说，"就因为你是个刽子手，所以就自以为是纳尼亚的女王。"

"安静，河狸，"阿斯兰说着低声咆哮了一声，"她说的一点儿也没错。"

"哦，阿斯兰！"苏珊悄悄在狮王耳边说，"我们能不能——我的意思是，行不行——我们能不能想点什么办法？你有办法对抗这古老的法则吗？"

"没有谁能违反海外大帝的法则。"阿斯兰说着，脸上露出了愁容。这样一来也就没人向他提出那种建议了。

"你们全都退下，"阿斯兰说，"我要跟白女巫单独谈谈。"

大家顺从地退到草地边上，阿斯兰和白女巫便开始低声激烈地讨论开来。这段时间可真难熬，所有人都忧心忡忡。埃德蒙再一次感到喘不上气来，眼看着他们谈论自己的命运，可自己除了等待，却什么也干不了，这真要命！露西说了声"哦，爱德蒙"就哭开了。彼得背对着大家，看着远处的大海不眨一下眼睛。河狸夫妇彼此拉着爪子，低头一言不发。大家始终沉默不语，急切地等待着阿斯兰和白女巫会谈的结果。

也不知道等了多久，阿斯兰仍在和白女巫商谈着。最后他们听见了阿斯兰的声音。"你们大家回来吧，"他说，"这事解决了。白女巫说她不要埃德蒙的血了。"这个消息像一阵风似的，让整个山坡又充满了活力，大家被压抑了好长时间的心一下子也被松了绑，都兴奋地互相说个不停。

白女巫趾高气扬，正要转身离去，却又停下来说："可我怎么知道你能否信守承诺呢？"

"啊呜！"阿斯兰从宝座上跃起上半身怒吼起来，只见他那张大嘴越来越大，吼声也越来越响，白女巫目瞪口呆地看了一会儿，便拎起裙摆，匆匆地逃跑了。

第十六章　自投罗网的狮王

白女巫刚走，阿斯兰就召集大家开始搬迁营寨，准备挪到贝鲁那浅滩去安营。虽然大家很想知道他为什么做出这个决定，以及和白女巫商谈的内容。但阿斯兰神色凝重，并且刚刚那震慑人心的怒吼还回响在耳畔，也就没有人敢多问。

吃了晚饭，大家便收拾东西，开始向西北方向出发。趁着行军的空隙，阿斯兰和彼得谈起了自己的战略意图。"白女巫接下来很可能返回老巢召集更多军队，准备开始大规模的围剿。"他说。随后他做出了两种作战方案——一种是与白女巫及其同伙在森林中决战，另一种是围攻她的城堡。他说得很细致又很具体，就连战斗人员的分配，战斗位置的安排都一一进行了交代。

看阿斯兰叮嘱得这么多，彼得不禁心生疑惑，问道："那您不参加战斗吗，阿斯兰？"

"那可不一定。"狮王回答说，又继续嘱咐了彼得几句，便独自沉默寡言地走开。这种反常的情况引起了苏珊和露西的注意，她们觉得他似乎有点儿忧伤。

　　天还没黑，他们就到达目的地了。阿斯兰下令将营寨安扎在浅滩一侧的开阔地上。彼得担心地说："这儿过于空旷，没什么遮挡，恐怕会遭到白女巫他们的偷袭。"

　　阿斯兰显得有点儿心不在焉，只见他那漂亮的鬃毛一抖，这才回过神来，问："嗯？什么？"彼得又说了一遍他的想法。

　　"不会的。"阿斯兰低沉地说，"她今夜不会发动进攻的。"接着他又深深叹了口气，可能觉得不妥，就加了一句，"考虑周全是好的，打仗就得方方面面都要想到。不过这其实没什么关系。"于是他们就着手搭帐篷了。

　　那天傍晚，阿斯兰的情绪很大程度上影响了大家。彼得一想到接下来的战斗就要由他全权指挥，而且阿斯兰可能不在身边，心里就忐忑不安起来。大家闷闷不乐地吃过晚饭，便回到了各自的帐篷。大家觉得今天的氛围很奇怪，仿佛好时光刚刚开头，却已经快结束了。苏珊也深受影响，她上床后翻来覆去睡不着，躺在那儿数绵羊，数了一千多只还是睡不着，黑暗中听见露西长叹一声。

　　"你也睡不着吗？"苏珊问。

　　"是呀，"露西说，"我有一种不好的预感，感觉有什么不好的事情要发生了！"

　　"是吗？我也有这种感觉，而且觉得这事跟阿斯兰有关。"

　　"整个下午他都不大对劲儿，"露西说，"苏珊！他说打仗时不跟我们在一起是什么意思？他今晚会不会悄悄离开，不管我们了？"

　　"不会的。"

　　"苏珊，我们去看看他，看他会不会有什么事。"

　　"好，走吧。"苏珊说。

两个女孩蹑手蹑脚下了床，悄悄摸出了帐篷。皎洁的月光透过稀疏的树木洒落下斑驳的清影，清澈的河水在岩石上潺潺流淌，一切都十分寂静。这时苏珊突然抓住露西的胳膊说："瞧！"

她们看见阿斯兰正背对着营地，从滩地走进树林里去了。苏珊牵着露西，默默地跟着他走去。她们跟着他爬上河谷的陡坡，然后稍微向左走去——显然这是当天下午她们从石桌下来时走的路线。就这样走哇走哇，他们走进黑咕隆咚的树荫里，又走到似水的月光下，一直走到她们的脚都被露水打湿了，却依然无法打消她们继续跟随狮王的念头。阿斯兰慢吞吞地走着，完全和她们平时看到的不一样，他的尾巴低垂，庄严、高贵的脑袋都快耷拉到地上了，有种心力交瘁的感觉。

在穿过一片开阔的空地时，他停了下来，温和地调过头来，说："哦，孩子们，到我的身边来，你们干吗跟着我呀？"

"我们睡不着。"露西觉得不用多说。

"我们跟你一起去，好不好？不管你要去哪儿！"苏珊说。

"嗯，这个——"阿斯兰似乎犹豫了一下，不过后来他说，"今晚有你俩陪伴，我很高兴。好吧，如果你们答应我，我叫你们停下就停下，那你们就可以跟我来。"

"哦，谢谢你，谢谢你，我们答应。"苏珊和露西抢着回答。

他们又往前走去，苏珊和露西分别走在狮王两侧。可是他走得多慢哪！他那低垂着的脑袋左右摇摆，鼻子都快挨到草地了。不久，他一个踉跄，发出一声低低的呻吟声。

"阿斯兰！亲爱的阿斯兰！"露西说，"你究竟是怎么了？"

"你感到不舒服吗，亲爱的阿斯兰？"苏珊问道。

"没有，"阿斯兰说，"我只是感到悲伤和孤独。把你们的小手搁在我的鬃毛上，这样我就会觉得我们还在一起，我们就这样走吧。"

她们顺从地把冰凉的手伸进他那一大片美丽的鬃毛里，抚摸着他，陪着他缓缓前行。不一会儿他们就经过了一片坡地，来到了树林的边缘，走到最后一棵树旁，阿斯兰停下脚步，说："哦，孩子们，孩子们，你们得在这儿停下了。无论发生什么事，千万别让别人发现你们。永别了。"

阿斯兰的话让苏珊和露西隐约觉得，她们预感中的那可怕的事情真的就要发生了，于是她们搂着他失声痛哭，不停地亲吻他的鬃毛，他的鼻子，他的爪子，以及他那庄重、悲哀的大眼睛。然后，他转过身去，从容地走向山顶。苏珊和露西蹲在灌木丛中目送着他，接下来发生的事让她们更为悲痛。

石桌四周早已聚集了一大群妖魔鬼怪，有豺狼、牛头怪、恶树精和毒树精等，他们面容丑陋不堪，高矮不一，衣着怪异，举着火把，不时发出叽里呱啦的怪叫或狰狞的怪笑。白女巫就站在他们中间，那些火把吐出的一团团充满邪气的红焰和黑烟照在她那没有一丝血色的脸上，令人毛骨悚然。

这些妖魔鬼怪起先看见伟大的狮王向他们走去时，都惊慌地闪避在两侧。白女巫故作镇静地狂笑起来，尖叫着喊道："那蠢货来了，把他捆起来！"

四个母夜叉龇牙咧嘴，畏畏缩缩的，不敢上前，当她们发现狮王并没有要反抗的意思，这才一拥而上将他掀翻在地，其他的怪物们也一起又拉又拖，七手八脚地把他的四个爪子绑在一起，绳子拉得那么

紧，已经勒进肉里去了。

苏珊和露西吓坏了，她们感到很意外，她们原以为阿斯兰走近后会怒吼一声，然后猛扑过去，可他竟然……紧接着发生了更为可怕的事。

"现在，把他的嘴套上，把他的鬃毛剃了，"白女巫说，"大家看看这东西的真面目！"

"咔嚓""咔嚓"，一个食人魔用大剪刀在阿斯兰身上乱剪一通，一堆堆卷曲的金色鬃毛纷纷掉落在地上。

白女巫的爪牙们围着没了鬃毛的光溜溜的狮王，发出阵阵嘲笑。

"哎哟，这不是一只大猫嘛！咪咪，可怜的猫咪，哈，哈……"

"我们过去怕的就是这个东西吗？"

"你今天抓了几只老鼠，小猫咪？"

"呜呜呜……"露西早已泣不成声，"瞧这群畜生干了些什么！"是的，任由这群恶魔摆布的阿斯兰此刻早已淹没在拳打脚踢中，他们踢他，打他，向他吐唾沫，不停地嘲笑他。等到这伙暴徒闹够了，这才推的推，拉的拉，把五花大绑、戴着嘴套的狮王拖上石桌，接着仍不放心地紧紧捆上了很多道绳子。

"胆小鬼！胆小鬼！"苏珊呜咽着说，"事到如今，他们还在害怕他吗？"

等到阿斯兰被结结实实地捆在那块平坦的石头上，这群暴徒才静了下来。白女巫拿着把形状古怪的石刀，跳上石桌，站在阿斯兰的身旁，激动得脸也抽搐扭曲起来。她俯下身来看着他。

直到此刻，阿斯兰被剪掉毛的脸看上去比以前显得更坚毅美丽，目光依旧高贵平静，仰着脸望着天空，既不生气，也不害怕，只有一

点儿忧伤。

白女巫用颤抖的声音说："现在，是谁赢了？蠢货！你以为你的牺牲就能挽救那个人类的叛徒吗？你为了不违背那可笑的古老的法则，代替他死，但等你死了，谁还能阻止我把他和其余三个也杀了呢？你已经把纳尼亚永远给我了，你这个老蠢货，去死吧！"

苏珊和露西没看到杀头的那一时刻。她们不忍心看，都蒙住了自己的眼睛。

第十七章　狮王重生

就在苏珊和露西还蹲在灌木丛中掩面而泣时，只听见白女巫尖声高喊："好了！让我们一起去收拾那些残兵败将吧！既然这个蠢货、这只大猫死了，用不了多久，我就可以彻底打败这群叛徒。纳尼亚是我的啦！"

这时苏珊和露西的处境倒是变得很危险了，因为只听见阵阵野蛮的叫喊声、尖锐的刀刃碰撞声、号角声此起彼伏，那帮龌龊的暴徒从山顶上一哄而下，正好经过她们藏身的地方，像一阵幽灵似的从身边掠过。只是她们并没有感到害怕，因为阿斯兰一死，她们满脑子都是悲哀、难过和苦闷，根本顾不上害怕。

树林里刚刚静下来，苏珊和露西就爬到空旷的山顶上。一弯残月伴着点点孤星依旧悬在半空，她们来到了被五花大绑的狮王身边，扑倒在他的身上，亲吻他冰凉的脸，抚摸他残存的、美丽的鬃毛，哭得死去活来，仿佛是两个刚刚死去父母的孤儿。直到感觉再也哭不出来时，她们看看对方，因为孤单而拉起对方的手，默默地依偎在阿斯兰冰冷的身旁，悲恸万分的心情慢慢平静了下来。

　　"我们把这些可恶的绳子解下来吧。"说着苏珊就动起手来。可无论她们怎么努力拉扯，就是无法解开这缠得如此结实的绳索。她们忍不住又抽泣起来。时间似乎就在这种麻木的平静中过去了好几个小时，她们简直没注意到自己越来越冷了，寂静中传来一阵窸窸窣窣的声音。这会儿，一些东西正在阿斯兰身上爬来爬去呢。露西凑近仔细看了看，原来是些灰不溜秋的小东西。

　　"嗨！"苏珊在石桌对面说，"真可恶！你们这些讨厌的小老鼠。走开，你们这些小畜生！"她举起手想把它们吓跑。

　　"你看！"露西仍然在近处一直看着它们，"你看它们在干什么！"

　　她们都弯下腰，目不转睛地盯着。

　　"我看到了！"苏珊说，"它们居然在咬绳子！"

　　"是的，"露西说，"我看它们是善良的老鼠。可怜的小东西，它们不知道阿斯兰死了，它们以为把绳子解开会让他舒服点儿。"

　　东方的天际现出了一线曙光，除了那颗巨星还悬在天上，其余的星星逐渐隐去了光辉，忙碌了一整夜的小老鼠们此刻也爬走了。这时她们觉得比晚上更冷了，姐妹俩把咬断的绳子的残屑都清理掉。没有这些绳子，阿斯兰看起来更像他自己。随着光线的增强，他那张没有生气的脸看上去也更加高贵了一点儿。

　　随后她们背后的林子里有只鸟叫了一声，打破了这里整夜来的寂静、悲伤。这声音把她们吓了一跳。因为紧接着另一只鸟附和了一声，顷刻间到处都是鸟在欢唱。漫漫长夜已经过去，黎明到来了！

　　"好冷啊。"露西说。

　　"我也是，"苏珊说，"我们下去走走吧。"

她们走到山峰的东边展目远望，天边唯一的那颗巨星也快消失不见了。大地一片苍翠，大海呈现出一片灰白，天空还是一片浅蓝，很浅很浅，紧接着，在水天相连的地方出现了一道红霞，天空开始转红了。苏珊和露西就在这里和石桌之间来来回回走了不知多少次，虽然身上有点儿暖和了，可她们的腿也累得拖也拖不动了。她们停下来，站在那里向天的尽头望去，居然看到卡尔·帕拉维尔城堡隐隐约约出现在海天相连的地平线上。这时那轮朝阳终于冲破了云霞，冉冉升出了海面，由红色变成了金黄色，发出耀眼夺目的光亮，射得人眼睛发痛。就在这时，她们听见背后"咣"的一声巨响，就像是巨人抡锤子砸碎了什么东西似的。

"是什么声音？"露西说着一把揪住苏珊的胳膊。

"我，我不敢看，"苏珊说，"不知又发生了什么可怕的事了。"

"太过分了，"露西说，"他都这样了，居然还不放过他！"她拉着苏珊一起转过身来。

旭日东升，金色的阳光洒满山坡，把石桌染成了金黄色。只是在刚才的那声巨响中，石桌从中间裂成了两半，躺在上面的阿斯兰也不见了踪影。

"哦，不，不！"她们哭着奔回石桌。

"不，是谁干的，"露西呜咽着说，"这怎么回事？难道又是什么古老的法则？"

"是的，"她们身后有一个洪亮的声音说，"这正是古老法则的奥秘。"她们回头一看。只见阿斯兰正站在阳光里，个头比她们先前看到的更大，样子也更威武，新长出的鬃毛也更漂亮了。

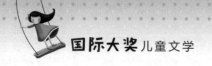

"哦，阿斯兰！"她们都叫了起来，目不转睛地看着他，心里又高兴又害怕。

"你没死？！"露西说。

"这会儿没死。"阿斯兰说。

"你不是，不是一个……"苏珊声音颤抖着问。她不忍心说出那个"鬼"字。

阿斯兰俯下金色的脑袋，用温暖柔软的舌头舔了舔她的额头。

"我是那个东西吗？"他说。

"哦，你真的活过来，你又重生了！哦，阿斯兰！"她们欢快地大喊大叫，都扑上前去，不停地亲吻着他。

"这究竟是怎么回事？"等大家稍微平静了一点儿，苏珊问道。

"孩子们，是这样的——"阿斯兰说，"虽然白女巫知道海外大帝定下的古老法则，可她不知道在纳尼亚创造前就存在的永恒真理。如果她能看得远一些，就会知道这石桌的背后还有一条咒语，她就会知道，如果一个本身没有背叛行为而自愿送死的牺牲者，被当作一个叛徒杀害，石桌就要崩裂，死神也不会接受他的牺牲。而现在……"

"是呀，现在怎么样了？"露西跳起来拍着手说。

"哦，现在呀，"狮王说，"现在我重生了，而且觉得自己的力量比之前更强大了。孩子们，你们试试能不能抓住我。"他站在石桌对面，眼睛闪闪发亮，四肢跃跃欲试，尾巴用力地摆来摆去。接着他纵身跃过她们的头顶，落在石桌上。

露西咯咯地笑个不停，开心地扑到石桌上去抓他。阿斯兰又是一跳，闪到了另一边，苏珊见状也追了过去，一场疯狂愉快的追逐就此开始。

他们仨你追我赶，在山顶上转来转去，阿斯兰有时让她们够也够不着，有时故意让她们碰到尾巴梢，有时顽皮地从她们中间冲过去，用他有力而柔软的大爪子把她们抛向半空又接住，再嘻嘻哈哈滚成一团，最后一起躺在太阳下大口大口地喘着气。可奇怪的是苏珊和露西却一点儿都没有感到疲劳、饥饿和口渴。

嬉闹了一会儿，阿斯兰站起来，神色凝重，严肃地说道："好了，我们开始做正事吧！先用手捂住你们的耳朵。"

等她们捂住耳朵，阿斯兰便挺直上身，张开大嘴狂吼起来，他的脸变得那么威严，他的怒吼像响雷一样爆发出来，前面的树木就像是被狂风席卷了一般低伏到了地面。

之后，他开口说道："我们还有一段很长的路要走，你们骑在我身上。"说着他便趴下，让苏珊和露西爬到他那温暖柔和的背上，苏珊坐在前面，紧抓住鬃毛，露西坐在后面，紧紧抱住苏珊。阿斯兰猛一挺身，站起来就飞奔而去，任金色的鬃毛在风中飞舞。他穿过灌木丛，跳过荆棘丛，转眼就到了山下，冲进了茂密的森林之中。

第十八章　石像复活了

快到中午时，他们来到了一片陡峭的山坡上，低头一看，一座城堡出现在他们的视野中。从他们所处的地方看去，这座城堡就像是一个小小的玩具。不过狮王正全速冲向城堡，因此城堡也就越来越大，再也不像是玩具，而是阴森森地耸立在他们前方。城门紧闭，他们的到来没有引起任何人的注意。阿斯兰一点儿也没有放缓步子，像子弹似的，笔直地朝城堡冲去。

"这里就是白女巫的老巢！"他叫道，"孩子们，抓紧我！"

说话间，只见阿斯兰纵身一跳，这一次比他以往任何一次都跳得高——与其说是在跳，不如说是在飞。苏珊和露西吓得呼吸都快要停止了，只觉得天旋地转，感到自己的五脏六腑都要被甩出来了。

狮王勇猛地跳过了城墙，落进一个宽敞的石头院子里。孩子们毫发无损，等狮王站定了，她们才从狮背上战战兢兢地滑落下来，好奇地打量着四周。

"这个地方好奇怪！"露西叫道，"尽是些石头动物！还有石人！真像——真像是一个石像陈列馆。"

"嘘！"苏珊扯了一下露西，"你看，阿斯兰好像是在施什么法术。"

是的，苏珊说得没错。只见阿斯兰跳到一只石狮子跟前，专心地对着他吹了口气，接着转过身去对着那个石头小矮人也吹了口气。

露西很快就看到更为神奇的事情发生了，她惊奇地喊道："哦，苏珊，瞧！瞧那只狮子。"

我希望你曾经注意过人家将一团报纸放在火上点燃时的情形，一开始似乎没什么动静，但接着你会看到一些火苗沿着报纸的边缘逐渐向上蔓延。此时的情况正是这样。阿斯兰刚吹过气时，起初那只石狮子看上去并没什么两样，只是后来石狮子脊背上开始掠过一小缕金色，然后金色蔓延开了，一直掠过了它的全身，看起来就像是火焰吞没了那一团报纸一样。虽然他的后腿是石头，但当这只狮子用力抖动了一下鬃毛时，所有那些沉甸甸的石头褶痕都飘动起来，成了真正的鬃毛。他这才张开血盆大嘴，长长地呼出了一口热气，打了一个大大的哈欠。不一会儿，他的后腿也能动了，他用有力的后腿又撑起了腰，舒舒服服地伸了一个懒腰。他一回头，就看见了阿斯兰，马上明白了正在发生的事情。他毫不犹豫地跳到阿斯兰的身边，又蹦又跳，低声哼哼着，还流了眼泪，像是一只在主人怀里撒娇的小猫咪，甚至还跳起来舔舔阿斯兰的脸。

苏珊和露西的目光一直跟着狮王转，神奇的事情令她俩目不暇接。真是太奇妙了！院子里的石像全都复活了，这里不再像是石像陈列馆，更像是动物园了，或者是热闹的马戏团！这地方原来死气沉沉的，如今整个院子里都回荡着欢乐的喧闹声：狮吼、虎啸、驴叫、狗吠、鸽咕、马嘶，还有尖叫声、跺脚声、呐喊声、欢呼声、歌声和笑声。

"哎呀，不知道会不会有危险呢？"露西回头看了一眼，只见阿斯兰朝一个石头巨人的两脚吹了口气。

"不会有事的，只要脚活过来，其他部分也就没有什么问题啦！"苏珊倒是不担心。

"我不是这个意思啦，我是担心巨人……"

不过即使阿斯兰听到她的话，这会儿也来不及了。巨人两脚以上的部分也变了颜色，现在他已能挪动双脚，他揉揉眼睛，将肩上扛着的一根大原木放在脚边，说："天哪！我怎么睡着了？发生了什么事？咦，那个在地上东跑西窜的该死的小妖婆上哪儿去了？我刚才还看到她在我脚边呢。"

他的话逗得大家捧腹大笑，笑了一会儿，露西也不再担心什么了，嚷嚷着向巨人解释发生了什么，但是他似乎没有听清，巨人将一只手拢在耳边，又要求她说了一遍，这才明白是怎么回事。于是他弯下身子，用粗大的右手摸着帽檐向阿斯兰不停地鞠躬致谢，那张诚实而丑陋的脸上堆满笑容，显得又可爱又滑稽。（在如今的英格兰，各个种类的巨人都很稀罕，好脾气的巨人更是少之又少，所以你可能从未见过一个笑容满面的巨人。那实在是值得一看的奇观。）

"噢，现在赶快去屋子里找找！"阿斯兰说，"楼上，楼下，还有白女巫的房间！每个角落都不要遗漏，谁知道还有没有可怜的朋友被藏了起来。"

于是他们全都冲了进去。片刻工夫，那座阴森、恐怖、散发着霉臭气味的老城堡里，开关门窗声、搬东西的声音和大家喊叫的声音此起彼伏："别忘了地牢。""——帮我们打开这扇门！""——当心！这儿还有一条弯曲的楼梯——""哦，我发现这儿有一只可怜的小袋鼠。""阿斯兰，阿斯兰，这儿怎么这么难闻。""——小心那些暗门。""——到这儿来！全都在楼梯平台上呢！"……

大家七嘴八舌，不断有新的发现。不过最开心的还是露西，她冲上楼去，嘴里大叫着："阿斯兰！阿斯兰！我找到塔姆努斯先生啦。哦，快来吧！"

过了一会儿，露西和那只半羊人就手拉手不停地转圈，高兴地又蹦又跳了。半羊人虽然被变成了石像，但并没受伤。他追着露西，好奇地问她所发生的事情。

到了最后，白女巫的城堡都被搜索遍了。整个城堡显得空空荡荡的，门窗大开，光明与空气，夹带着春天里的花香如洪水一般涌进了所有那些黑暗而邪恶的地方。

这一大群重新获得生命的石像又一窝蜂地拥进院子里。其中有一个开口问道："哦，我们怎么出去呢？"因为阿斯兰和露西他们是跳进来的，院子里的大门仍然紧锁着。

"这不是难题，"阿斯兰说，随即挺直身子，对巨人大声喊道，"你叫什么名字？"

"我是巨人伦波布芬。"巨人说着，又摸了摸帽檐。

"那好吧，伦波布芬，"阿斯兰说，"请想个办法让我们从这儿出去。"

"没问题，我非常愿意效劳。"巨人说，"大家都离大门远点儿！"接着他大步走到门口，抡起大原木，三两下便把大门砸了个稀巴烂。跟着他又去对付大门两边的塔楼，他又捶又捣，几下之后，两边的塔楼和旁边大部分高墙都轰隆隆倒下了，成了一大堆碎砖烂瓦。等到尘土散去，站在这个光秃秃、阴森森的石头院子里，透过豁口能看到城外那些青翠的草地，摇曳的树木，森林中波光粼粼的溪流，以及溪流外的青山和山外的碧空，劫后余生的大伙儿又是一阵欢呼。

第十九章　最后的胜利

　　这时阿斯兰走到豁口中间，拍拍前爪，说道："大家静一静，静一静！如果要想彻底打败白女巫，我们必须立刻动身去找他们，看看他们在什么地方作恶。"

　　"我也要去！我也要去！"大家都嚷嚷道。

　　"当然，当然。"阿斯兰说，"现在，大家分成三组：孩子们、小矮人和小动物们，你们跑不快的一组；狮子、马人、独角兽、马、巨人和鹰你们一组，你们背着第一组跟在我们后面；那些鼻子灵的必须跟我们狮子一起走在前头，好闻出战争发生在什么地方。大家快点儿，想早点儿出发就赶快到自己的队伍中去！"

　　接着就是一阵忙乱，大家东跑西窜，最后在一条大牧羊犬的指挥下终于分好了组。看到大家都准备好了，阿斯兰一声令下，这支队伍浩浩荡荡地拥出了城堡！

　　狮子和狗走在前面，刚开始他们漫无目的地低着头，东嗅嗅，西嗅嗅。忽然有条大猎狗像是闻到了什么气味，叫了起来。其他的狗哇，狮呀，狼啊，也都尾随过来，把鼻子贴近地面，全速前进，露西和其他参加追捕的动物们则在他们后面大约半英里处尽快跟着。后面就顺利多了，他们越跑越快，刚转过峡谷的最后一个转弯处，露西就听见前面传来一阵阵呐喊声、尖叫声和金属撞击声。

等他们走出峡谷，露西看到彼得和埃德蒙正带领着阿斯兰其余的军队，绝望地和她昨晚看见过的那群可怕的妖魔鬼怪进行殊死搏杀。阳光下，他们看上去更怪、更恶、更丑，而且数量也似乎多得多。彼得他们背对着露西——显得那么势单力薄。战场上到处散布着东倒西歪的石像，显然是在战斗中被白女巫变成了石像的战士。

但这会儿白女巫似乎没使用魔杖，她正用一把石刀在跟彼得你来我往地进行着厮杀。双方打得十分激烈，刀光剑影，叫人眼花缭乱。在他们的四周，躺满了尸体和石像，战场上血流成河，场面十分可怕。

阿斯兰仰头一声怒吼，这声音惊天动地，像一阵风似的吹遍了西起路灯柱东到海边的纳尼亚整片土地！与此同时，阿斯兰已扑向了白女巫，接着他俩就滚成一团。等露西看清时，白女巫已被踩在狮王的脚下，脸上布满了恐怖和惊愕。

阿斯兰从白女巫老巢里带来参战的动物们也没闲着，他们全都发狂般扑向敌人，小矮人用战斧，猎狗用牙齿，巨人用大棒，独角兽用角，马人用剑和蹄子。刚刚还深陷绝望的彼得他们，此时士气大振，重新投入战斗，和援军一起把敌人打得鬼哭狼嚎，整个树林里杀声震天。

不久，这场战斗就结束了。大部分敌人都死在他们的刀剑之下，那些还活着的看见白女巫已死了，不是投降就是逃走了。

这会儿，露西看见彼得跟阿斯兰在握手。彼得这会儿看上去有点儿怪怪的——他的脸色那么苍白，神情严峻，透露出些许沧桑，越来越像个男子汉了。

"都是埃德蒙的功劳，"彼得说道，"要不是他，我们早就吃败仗了。白女巫把我们的战士都变成石头，我们一点儿办法都没有，而且也不能让她停下来。就在白女巫把你的一只豹变成石像时，埃德蒙奋不顾身地冲过三个食人魔跑去救援。他的想法很对，他靠近白女巫后，并不是像其他人那样鲁莽地直接攻击她本人，而是机智地用剑劈断了她的魔杖，我们这才撑到你们到来。要是我早想到这一招，我们就不会遭受这么大的损失了。埃德蒙的伤势很重，我们去看看他吧。"

在离战场不远的地方，他们发现了埃德蒙。河狸太太正照料着他。他浑身是血，张大着嘴，脸色惨白。

"快，露西。"阿斯兰说。

这时，露西猛然想起圣诞老人送给她的那瓶宝贵的药水。只是她两手抖得厉害，怎么也打不开瓶塞，最后好不容易打开了，往她哥哥嘴里滴了几滴，便焦急地守在他的身边，等待奇迹的发生。

"还有其他伤员呢，快点儿。"阿斯兰催促着说。

"是的，我知道，"露西不耐烦地说，"就等一分钟。"

"露西，"露西的话显然让阿斯兰很不满意，他严肃地说，"别人也在生死关头，还要更多的人为埃德蒙而死吗？"

"阿斯兰，我很抱歉。"露西说着，站起来跟在他的身后。接下来的半个小时里他们都忙着救人——她忙着抢救受伤的，阿斯兰忙着把那些变成石头的动物变回原样。

最后露西终于有时间站起来休息一会儿，她惊喜地看见埃德蒙已经能站起来了，不仅伤口愈合了，而且气色看上去比以前还要好。事实上，自从他上了那个讨厌的学校，第一学期他就开始变坏了。如今他又找回了真实的自己，敢于正视你的眼睛了。是阿斯兰让他成为一名勇敢的骑士。

"他知道阿斯兰为他做过的事吗？"露西悄悄对苏珊说，"他知道阿斯兰和白女巫的协议是为了谁吗？"

"嘘！不，他当然不知道。"苏珊说。

"你觉得应不应该告诉他呢？"露西说。

"哦，最好不要告诉他，"苏珊说，"那会让他觉得很尴尬。想想看，如果你是他，你会怎么想呢？"

"可是，我认为他应该知道真相。"露西说。不过这时有人打断了她们的谈话。

那天晚上他们就在原地睡觉。大约八点钟左右，阿斯兰为大家准备了一个茶会，好好犒劳了大家一下。第二天他们开始沿着那条大河往东继续进发。第三天，大约在吃茶点的时候，他们来到了入海口。

卡尔·帕拉维尔城堡高高屹立在他们面前的小山丘上。在城堡的另一面，金色的沙滩上点缀着嶙峋的岩石、一个个小咸水坑、一些被海水冲上沙滩的好看的贝壳，蔚蓝的海水不知疲倦地拍打着海岸。空气中弥漫着大海的味道，就是那种咸咸的、腥腥的味道，如果你去过海边，一定知道我所说的。哦，还有海鸥的叫声！你们听见过吗？你们还能记得吗？

那天吃过晚饭，四个孩子都来到了这片海滩上，他们脱下鞋袜，光着脚丫在沙滩上追逐玩闹，他们尽情地在沙滩上奔跑，任由沙子钻进他们的脚趾缝中，感觉又回到了从前那无忧无虑的时光。

不过第二天就严肃得多了。

卡尔·帕拉维尔城堡气势恢宏的议会大厅里，一场神圣庄严的加冕仪式正在举行。在雄壮有力的音乐声中，在那些和他们出生入死的朋友们的见证下，阿斯兰亲自给兄妹四人戴上王冠，并领着他们坐上至高无上的宝座。

"一旦成为纳尼亚的国王或女王，就永远是国王或女王！好好珍惜这来之不易的荣耀，亚当之子！好好珍惜这至高无上的荣耀，夏娃之女！"阿斯兰说。

"彼得国王万岁！苏珊女王万岁！埃德蒙国王万岁！露西女王万岁！"在震耳欲聋的欢呼声中，四个孩子坐在宝座上，接受了权杖，他们对所有好友分别犒赏，让大家接受属于他们的荣耀，包括半羊人塔姆努斯、河狸夫妇、巨人伦波布芬、豹、善良的马人和小矮人，以及另一头狮子。

加冕仪式结束已是晚上，卡尔·帕拉维尔举行了一场盛大的宴会，饱经白女巫迫害的大伙儿尽情跳舞，放声歌唱，庆祝这久违的胜利，庆祝他们的新国王、新女王登基。和城堡里的音乐相呼应的是海上传来的那种更奇妙、更甜美、更扣人心弦的仙乐，从敞开的东门外传来了人鱼的声音，他们游到靠近城堡台阶的地方，欢唱着向它们的国王和女王致敬。

就在大家纵情狂欢的时候，两位国王和两位女王留意到阿斯兰已悄悄离开了，但他们并没有做什么。经历了这么多的坎坷，这些孩子已经长大了，他们已经能独自担当大任了！而且河狸先生曾经

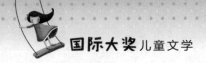

提醒过他们："他喜欢自由，你们今天看见他，说不准明天就看不见了。他不喜欢被束缚——关键是还有别的国家要他去操心。这没关系，他会常常来的。要知道他性子野，不像驯化了的狮子。"

第二十章　白鹿的指引

　　话说饱经战乱和白女巫残酷统治的纳尼亚百废待兴，人民也百般珍惜这来之不易的胜利，他们衷心爱戴着他们的四位新国王。而孩子们呢，也并没有辜负人民的期盼，一接手管理王国就显示出超凡的领导才能，所有事务都处理得井井有条，整个王国一派欣欣向荣的景象。

　　刚开始他们大部分时间都花在肃清白女巫的余孽同党上，在那次战斗中逃跑的顽固分子潜伏在偏远地区继续作恶捣乱，不时有人报告在东部的森林里发现一个狼人，或是在西部的山区看到母夜叉杀人，但这种混乱的现象并没持续多久，最后这些祸害也都一一被消灭了。

　　为了维护社会的长治久安，他们又着手制定严格的法律，不允许滥砍滥伐树木，不让那些年幼的小矮人和树仙、井仙被强迫上学，严禁大家多嘴多舌、爱管闲事，鼓励愿意安居乐业的普通百姓安定下来。他们建立了强大的军队以保卫王国不受外敌侵犯，狠狠教训了胆敢骚扰北部边境的那些不怀好意的巨人，使他们不敢越过边境线一步。他们还向海外派出使者，与一些国家结成友好同盟，并进行正常

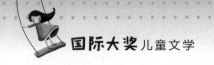

的国事访问。

岁月流逝，伴随着纳尼亚的强大，孩子们逐渐成长，现在都已长成了大人。彼得已是一个身材高大、胸脯厚实的男人，他勇武剽悍，人称"彼得大帝"；苏珊长成一个身材颀长，举止文雅的女人，一头乌黑的秀发直垂到脚跟，海外一些国王开始纷纷派大使来向她求婚，人称"温柔女王苏珊"；埃德蒙则显得更严肃、更沉默，他善于主持会议、进行审判，人称"公正的埃德蒙国王"；至于露西，她向来无忧无虑，而且是满头金发，那一带所有的王子都想娶她为王后，是公认的"快乐女王露西"。

他们就这样和爱戴他们的臣民们一起过着幸福美满的日子，如果偶尔想起他们在人世间的生活，那也只是像在梦里。

故事讲到这里，你们一定认为快要结束了，不过还没有完。那个半羊人塔姆努斯，如今也到了中年，有一年他托人捎来口信，说白鹿又出现在他们那一带了，并且还说如果抓到白鹿，就可以实现自己的愿望。于是两位国王和两位女王带上他们宫廷里的文武百官，还带着号角、猎犬，骑着马到西部森林去追踪白鹿了。

他们刚到不久，就发现了白鹿的足迹，于是他们翻山越岭，历尽艰险，最后随从们都累得人仰马翻，被远远甩在后面，只有这四个国王仍然穷追不舍。追捕中白鹿一纵身跳进灌木丛，再也看不见了。

彼得拉住正在奔驰的马，停了下来，回头对刚刚赶到的其他三兄妹说："各位，这只白鹿如此超凡脱俗，我生平从未打到过一只比这更高贵的猎物了。我们就在这里下马，跟随那畜生进入灌木丛吧。"

于是他们都下了马，把马拴在树上，继续向密林中走去。他们刚走进树林，苏珊女王就说："各位，我发现了一个奇特的现象，前面居然有一棵铁树。"

"王姐，"埃德蒙国王说，"如果你好好看一看，就会看出这是一根铁柱，顶上装了一盏灯。"

"真是灯，不过倒显得有点儿特别，"彼得国王说，"把灯装在这密林里，就算亮着也不起什么作用。"

"陛下，"露西女王说，"很可能这根柱子和这盏灯装在这儿的时候，这地方林木稀少，也可能没树。你们看，铁柱都生锈了。"于是他们都站在那儿望着铁柱。

几十年过去了，显然他们四个对当初进入纳尼亚见到的那盏路灯都没什么印象了。后来埃德蒙国王说："不知道怎么回事，总感觉这盏灯对我们来说，有着某种特别的意义。在我的脑海中，我曾经见过类似的东西，好像是梦中出现过，或者是梦中的梦中。"

"是的，"他们齐声回答，"的确是这样。"

"而且我有种预感，"露西女王说，"只要我们走过这盏灯，就可能有某种奇遇，或者发生某种改变我们命运的事情。"

"王妹，"埃德蒙国王说，"我心里也有类似的预感。"

"我也是，王弟。"彼得国王说。

"我也这么想，"苏珊女王说，"只是依我看来，未必会发生什么好的事情，还是不要再冒险追踪这只白鹿了。"

"王妹，"彼得国王说，"这一点我要请你原谅。因为我们四个自从在纳尼亚当了国王和女王以来，无论遇到什么困难和危险，从没有半途而废过，我们总是群策群力，齐心协力地迎接挑战才有今天的

大好局面。"

"王姐,"露西女王说,"王兄说得对。而且我觉得,要是我们因为恐惧或不好的预感就放弃,似乎太不像话了。"

"我也这么想,"埃德蒙国王说,"我只想弄清这只白鹿,就是拿整个纳尼亚最珍贵的珠宝和所有的岛屿来换,我也决不回去。"

"那么以阿斯兰的名义起誓,"苏珊女王说,"如果你们都要这样做,那就让我们一起走下去,不管遭遇什么,就让我们共同面对吧。"

于是两位国王和两位女王走进了灌木丛,他们刚走了几步就全想起来了,他们刚才看见的那东西叫作"路灯柱"。又走了不到二十步,光线越来越暗,他们摸索着穿行在树枝间,后来觉得树枝越来越少,最后竟然变成类似毛皮的东西。紧接着他们就从大衣柜的一扇门里滚到空房间里了,彼此一看,不再是穿着猎装的国王和女王,而是穿着过去的衣服的彼得、苏珊、埃德蒙和露西。时间还是他们躲进大衣柜的同一天,同一个时辰。马克里蒂太太和参观的客人还在过道里谈话,不过幸好他们没到这空房间里来,因此孩子们也没被他们发现。

要不是他们觉得有必要和老教授解释他大衣柜里丢失四件大衣的缘故,这个故事本来也就结束了。而老教授呢,他是一个非常了不起的人,他并没怀疑孩子们说谎,而是相信了整个故事。他反倒建议孩子们说:"不用管那四件大衣了,你们不必为了大衣,想着从那条路再回纳尼亚去了。因为即使拿回来,现在也没多大用处了。也许有一天,你们仍会回去。在纳尼亚一朝为王,就终身为王嘛。不过你们不要再从同样的路,也别想方设法一定要过去,因为这种事情是可遇而不可求的。

"也别对任何外人说起，除非你们发现他们也有过类似的奇遇。什么？你们怎么会知道？哦，你们会知道的。碰上这样的事，他们说的话，甚至他们的神情总会露出马脚的。你们留心就好了。"

这就是大衣橱奇遇的结尾了。不过如果老教授说得对的话，这只是纳尼亚奇遇的开始。

图书在版编目（CIP）数据

纳尼亚传奇：狮子、女巫和魔衣橱／（英）克莱夫·斯特普尔斯·刘易斯著；王坤业译. ——成都：四川人民出版社，2020.6
（国际大奖儿童文学）
ISBN 978－7－220－11589－9

Ⅰ. ①纳…　Ⅱ. ①克…②王…　Ⅲ. ①儿童小说－长篇小说－英国－现代　Ⅳ. ①I561.84

中国版本图书馆 CIP 数据核字（2020）第 045096 号

NANIYA CHUANQI SHIZI NÜWU HE MOYICHU

纳尼亚传奇：狮子、女巫和魔衣橱

［英］克莱夫·斯特普尔斯·刘易斯　著
王坤业　译

出　版　人	黄立新
策划组稿	张明辉
出版融合统筹	张明辉　袁　璐
责任编辑	王其进
封面设计	象上设计
责任校对	韩　华
责任印制	祝　健

出版发行	四川人民出版社（成都槐树街 2 号）
网　　址	http://www.scpph.com
E-mail	scrmcbs@sina.com
新浪微博	@四川人民出版社
微信公众号	四川人民出版社
发行部业务电话	（028）86259624　86259453
防盗版举报电话	（028）86259624
照　　排	四川胜翔数码印务设计有限公司
印　　刷	深圳市雅佳图印刷有限公司
成品尺寸	170mm×240mm　1/16
印　　张	8
字　　数	93 千
版　　次	2020 年 6 月第 1 版
印　　次	2020 年 6 月第 1 次印刷
书　　号	ISBN 978－7－220－11589－9
定　　价	29.80 元